人间清白

首届中央监察委“龙华四烈士”

杨绣丽 著

上海人民出版社

“我愿淌干眼泪，洗净大千世界，我愿洒尽碧血，参透昏愦人生。”首届中共中央监察委中8位烈士，其中有4位牺牲在上海龙华。他们的初心碧血，如同一条永远清澈的护城河，守护着党的廉洁，冲涤革命长途，换来人间清白！

——题记

目录

序章　剑映赤光

人间四月天。大地披上柔软的绿毯，姹紫嫣红织成江南最好的画卷。20世纪二三十年代这时候，上海人最爱去郊外看桃花，摘几枝映山红回来插在瓶里，放在窗前，映一片街角巷尾的春意。但1927年春天的上海街头，少了明媚的春色，少了灿烂的笑脸，笼罩在一片白色恐怖的阴霾里。

新任命的中共上海区委代理书记陈延年，于4月10日离开武汉奔赴上海，同行者有李立三、聂荣臻、维经斯基三人。中共上海区委成立于1922年，1925年8月进行了一次改组，这时上海区委又称江浙区委，负责上海和江浙党团事宜。离开前，陈延年和他刚刚抵达武汉的父亲、党的创始人之一——陈独秀见了一面，他们进行了同志式的简单交流后，便匆匆分手。他们只当这是一次寻常的告别，却不知这是父子间最后一次见面。

1927年4月12日，陈延年一行到达南京，得知蒋介石在上海发动了反革命政变，大肆搜捕和屠杀共产党员。陈延年三人简单商量了一下，决定连夜搭乘火车奔赴上海。这个世界上，不知道前路凶险而贸然前行者，多是涉世未深的人；知道了前路凶险而黯然止步者，多是安于现状的人；知道了前路凶险甚至有可能九死一生而依然义无反顾挺进者，革命时代为革命者，和平时代则为英雄儿。抵沪后，陈延年等通过中共中央宣传部委员、上海大学教员郑超麟找来中共上海区委书记罗亦农、中共上海区委组织部部长兼上海总工会党团书记赵世炎，传达了中共中央关于调整中共上海区委组织的精神，并通知了中共五大即将召开的相关事宜。陈延年表示自己将和赵世炎、周恩来留守上海这个革命大本营。

4 月 22 日，黄浦江边，乘客三三两两地登上英商怡和公司轮船，他们或着西装，或着中装，又或着学生装，装扮成“卖水果的”“做茶叶生意的”或“贩瓷器的”。今天船上客人装得满满的，统舱票还临时加价，卖到 45 元一张，这已经超过普通工人两三个月的薪水。

罗亦农、李立三、郑覆他、郑超麟、陆定一，以及将在中共五大上当选中共首届监察委委员的王荷波、张佐臣、杨培生等中共党员一同乘坐这艘轮船，他们都是当时中共的精兵强将。共产国际代表维经斯基（化名伍廷康）和王明也在这艘船上，他们买的是最好的船票，坐的是“大菜间”。

罗亦农、王荷波、郑超麟、杨培生等人大都参与过上海三次工人武装起义，品尝过胜利的喜悦，也经历了蒋介石反革命大屠杀，成千上万烈士倒在血泊之中，惨烈景象使他们心中燃烧着愤怒的火焰！那些牺牲的烈士里，有很多是他们的同龄人——热血债张的青年、20 世纪的“00 后”。此刻，这艘船上有几个“00 后”共产党人，其中罗亦农生于 1902 年，25 岁，已经是中共领导人了。他穿着一身长袍马褂，浓眉毛，大嘴巴，不笑的时候颇为威严。上海总工会负责人张佐臣更年轻，只有 21 岁。中央宣传部委员郑超麟 26 岁，上海市政总工会委员长郑覆他 23 岁，共青团中央宣传部部长陆定一与张佐臣同龄。在血与火的锤炼中，他们成为带着时代奔跑的新青年。

为保安全，统舱间里，大家都装作不相识的样子，谈些天气一类的话，不久，船到了长江，大家就一起喝起白干、吃起花生米了。罗亦农被人叫作罗大口，李立三则被称作李大炮，两人在一起高谈阔论。他们还不时打趣旁边的王荷波。王荷波人高马大，长着浓浓的胡子，为人极平和，40多岁，戴着眼镜，看似教授一般，表面身份却是鱼行掌柜，携带着老伴儿及四五个儿女，座中他年纪最大，大家都叫他“王胡子”，由于他的身份是鱼行掌柜，大家都问他鱼的市价，问他哪种鱼味道最好……

王荷波笑道：“卖菜的吃菜黄，卖鱼的吃鱼肠，鱼行掌柜知道哪种鱼味道最好，大约是吃不起也舍不得吃的！”他停下来，指了指外面，说道：“不过，我知道现如今有权有势的人最喜欢长江刀鱼，把它叫作长江第一鲜，这个季节正是长江刀鱼最鲜美的时候，据说入口即化，嘴含微香，价格被他们吃得飞起！”

张佐臣年轻气盛，接过话来：“所以我们要造一个新的社会，让家家户户都有自己的房住，吃得起长江刀鱼。”一时间，众人似乎都看到了那美好的前景！有人鼓起掌来，王荷波笑道：“看，我们的演说家果然有锐气，说出了我们大家的心声。”

由张佐臣介绍入党的杨培生也笑道：“工人们平时喜欢听佐臣讲话，每次听了都觉得备受鼓舞！他们都说听张先生一席话，胜读十年书！”早些年，张佐臣在工人夜校讲课，杨培生和工人们一起称呼这个只有20来岁的青年为先生，不过入党后，党内同志平等，大家以名字相称。

与陈独秀、周恩来一起领导过上海工人武装起义的湖南人罗亦农说道：“相信我们会造就这样一个新的社会，到那时，家家户户有自己的房住，年年有新衣服穿，有饱饭吃，还能下馆子，吃长江刀鱼。这值得我们抛头颅，洒热血，为之奋斗，振兴中华，澄清这混浊世界！”就这样，大家的话题都转移到当时中国的形势上来了。

轮船溯流而上，随着芜湖、大通、安庆一路过去后，这些

“开鱼行的”“卖水果的”“做茶叶生意的”都轻松起来。据郑超麟回忆，大家谈话的政治常识超出了他们同职业的人水平，对时局简直是了如指掌。船到武汉，他们一行人受到湖北省党部、省农民协会、妇联和学联等团体的欢迎，并参加了为他们准备的欢迎会。这样一群肩负着挽救革命重任的革命者，从四面八方来到白云黄鹤的故乡，此时的武汉三镇风云际会。

4月27日，惠风和畅。一大早，武昌都府堤街20号，武昌高等师范附属小学门口人来人往。湖北早期党组织创始人之一陈潭秋曾在这所学校任教，为它营造出浓厚的革命风气。校长王觉新也是中共党员，当天特意身着西装，春风满面，站在门口，迎接一众气宇轩昂、神采飞扬的人物走进门来。他们是陈独秀、蔡和森、瞿秋白、毛泽东等人，南京国民政府通缉的首脑人物齐聚于此，代表着全国57000多名中共党员。他们这些人是广大青年学生和知识分子心目中最可信赖的革命旗手，是为了民族解放和自由事业而在腥风血雨中浴血奋战、前仆后继的革命者，是新时代的活泼稚儿……他们渴求着用热血去洗刷一切强横暴虐，他们相信，整个旧世界，将要被社会主义、共产主义而取代！对于蒋介石发起反革命大屠杀的行径，他们无比地愤怒，誓要唤醒更多进步的青年、知识分子、无产阶级投身中国共产党及其领导的革命洪流之中，将革命的暴风骤雨传到全社会的每个角落去……

正值最严酷的时期，革命处在最低潮的时刻，也许此时召开的中共五大将会提出真正有力的革命手段，度过这最黑暗的时刻，让革命爆发新的高潮。他们如是期望！

共产国际代表罗易、维经斯基、汤·曼，苏联政府代表鲍罗廷，国民党代表徐谦、孙科、谭延闿等人，还有英、美、法等国共产党代表参加开幕式。共产国际对此次大会抱有特别的期待，希望这个古老的东方国度爆发强大的红色激流，以响应国际共产主义运动；以汪精卫为首的武汉国民政府也在注视着中共接下来的走向，可以说，此次会议牵动了方方面面的神经。

据郑超麟回忆，由他奉命领国际代表团过江到武昌去，他们雇了黄包车去武昌第一小学，那时武汉正在拆城，砖头满地，黄包车不好拉，半路上翻了车，共产国际代表汤·曼的手腕还擦破了一块皮。

中共五大开幕式在这所学校操场西南角的简易礼堂举行，台下座位都坐满了，有二三百人，其中很多着军服、系皮带、绑腿的人。国际代表团各人致祝词，徐谦代表国民党中央致祝词，工会、学生会、青年团、童子军代表致祝词。湖北总工会纠察队队长项英领了一队纠察队员进会场来行礼。随后，陈独秀作了6个小时的政治报告，报告涉及中国各阶级、土地、无产阶级领导权、军事、国共两党关系等11个问题。

此次大会国共风云人物齐聚，却未有报纸登载。一方面是为了避免加重武汉政府赤化色彩，一方面也是为了防备袭击。甚至在武昌开幕也带了一种烟幕作用，第二天会场就移到汉口，在靠近郊外的济生三马路黄陂同乡会馆举行正式大会。黄陂会馆呈长方形，一头开着大门，一头立着三开间平房，中间是大厅，布置成会场，右边房间则是秘书处办公所在，做些油印的工作。大门进来，先是一个长方形院子，当中一条石路，直达大厅。门外，荒地上，天天有唐生智部下兵士操练机关枪，像是武汉未来某个黑暗时刻的预兆！

主席台上挂着马克思、列宁等画像，旁边墙上张贴着“把国共合作进行到底”“争取非资本主义前途”一类红标语，是以前未曾有过的新宣传，由大会秘书长蔡和森布置。大会进行了几天，根据共产国际决议的精神，制定并通过了《中国共产党第五次全国代表大会宣言》等一系列决议案，宣言最后写道："中国的国民革命已经发展到了一个需要更多的牺牲，更勇敢的决心的时期了。不只中国革命的成功，就是世界革命的发展也全靠你们了。你们决无表示灰心的理由，革命的胜利已经在最近的将来了！你们一定要战斗，你们一定要胜利，你们一定要歼灭军阀资本主义和帝国主义，建立新的自由的中国。"宣言表达了革命必胜的信心、决心，但对于如何达到胜利，宣言给予的答案并不彻底有力。

对土地革命颇有洞见的毛泽东交了一份提案，由于他回湖南一个多月的考察初步认识到了中国革命最广大的力量来源究竟在哪里，他认为废除封建制，使农民得到解放，可"增加生力军保护革命"。但他的提案没有被拿到大会上讨论，毛泽东多少有些惆怅，如同烟雨苍莽，龟蛇锁住大江，他为此填词一首：

茫茫九派流中国，沉沉一线穿南北。烟雨莽苍苍，龟蛇锁大江。

黄鹤知何去？剩有游人处。把酒酹滔滔，心潮逐浪高！

1958年，毛泽东为这首《菩萨蛮·黄鹤楼》作批注称："一九二七年，大革命失败的前夕，心情苍凉，一时不知如何是好。这是那年的春季。"其实，毛泽东词中这种苍凉，涌动着革命性的力量，如大河浩荡，有着一份难得的雄浑之美。

中共五大也有其突出贡献，最值得人称道的是，第一次明确提出了"集体领导"和"民主集中制"的原则。最与时俱进的创举则是成立了中央监察委员会。5月9日，也就是大会结束当天，既第一次选举产生了中共中央委员会，又成立了中央监察委员会，其任务是监督党的中央机关和工作人员并检举违法失职的行为，这是中共历史上最早设立的中央纪律检查监督机构，开启了中共纪检监察事业的崭新篇章，至今差不多已经百年了。

中央监察委员会的诞生，标志着党内监察体制的初步形成，成为中共纪检监察组织建设的历史新起点，开了中共历史上纪检监察机构设置之先河。出席中共五大的代表陆定一对此回忆称：在革命受挫的情况下，首先必须纯洁党的队伍，严格党的纪律，加强党的团结，增强党的战斗力。为此，迫切要求成立党的监察机构，用严明的党纪维护党的集中与统一！

这就回答了一个问题，为什么中国共产党可以救中国？有一个重要因素：她始终不允许自身任何一寸肌体藏污纳垢，如果有，那就把它们清除出去！是以，她才得以永葆纯洁和先进性，也才有了带领人民不断推动历史前行的磅礴力量！

轰轰烈烈的大革命开始后，大批工人、农民、知识分子、进步青年和革命军人纷纷加入党组织，到 1927 年中共党员人数已增至近 6 万人，比中共四大时作几何倍数增长。一方面，新党员急剧增加，党的先进性和纯洁性面临严峻考验；另一方面，共产党员在国民党各级党部、军队和政府内任职，时刻面临着权力地位、金钱美色等诱惑，极少数意志薄弱的党员出现了思想动摇、贪图享乐、贪污腐化、变节叛党的行为。

1926 年 7 月，中共中央局发布《中央政治报告》尖锐地提出“党员数量虽然增加而质量确是退化了”，并指出其原因有三：一是大多数党员“缺乏理论及确定的革命人生观，尤其是很少能将理论活用到实际工作上去”；二是“负责的工作同志，有雇佣劳动倾向，缺少从前那样刻苦奋斗的精神和自发的革命情绪。因此纵然能守纪律也不免形式主义、机关主义的流弊”；三是“同志中之一部分，发生贪官污吏化（即有经济不清楚、揩油等情弊）”。

一个月后，中央局又发出《坚决清洗贪污腐化分子》的通告，这是中共针对少数党员中“贪官污吏化”倾向，发布的首个反贪污文件，中共纪检监察事业提上了议事日程，此通告指出：“在这革命潮流仍在高涨的时候，许多投机腐败的分子，均会跑在革命的队伍中来，一个革命的党若是容留这些分子在内，必定会使他的党陷入腐化，不特不能执行革命的工作，且将为群众所厌弃。所以应该很坚决的洗清这些不良分子，和这些不良倾向奋斗，才能巩固我们的营垒，才能树立党在群众中的威望。”“最显著的事实，就是贪污的行为，往往在经济问题上发生吞款、揩油的情弊。这不仅丧失革命者的道德，且亦为普通社会道德所不容。此种分子近来各地均有发现，大会为此决议特别训令各级党部，迅速审查所属同志，如有此类行为者，务须不容情的洗刷出党，不可令留存党中，使党腐化，且败坏党在群众中的威望。”

1927 年蒋介石发动反革命政变后，腥风血雨，黑云压城，一些人陷入政治上、思想上的混乱，出现强烈的消极情绪。有意志不坚定者开始悲观动摇，公开登报声明脱党脱团；有投机分子甚至毫无廉耻地转而攻击中国共产党；有些人面对威逼利诱，叛党出卖昔日的战友和同志……

在这样的形势下，成立中央监察委员会，教育、约束党员，表达了年轻的中国共产党对腐败与腐蚀行为的“零容忍”，对于腐败、腐蚀问题第一次勇敢亮剑，表达了维护党的纪律和党组织纯洁性的坚强意志！

来自全国 11 个省区党组织的代表，选举产生了中央监察委员会组成人员，其中正式委员 7 人为：王荷波、杨匏安、许白昊、张佐臣、刘峻山、周振声、蔡以忱；候补委员 3 人为：杨培生、萧石月、阮啸仙。王荷波当选为主席，杨匏安为副主席。

大会结束后，王荷波主持召开首届中央监察委第一次会议。福建福州人王荷波时年 45 岁，1922 年在南京入党，在中共三大上进入中央局，成为中共早期领导人之一。他工运经验丰富，中共中央总书记陈独秀提议调他到上海领导革命，曾担任上海区委书记。

广东香山人杨匏安时年 31 岁，建党前就在华南地区传播马克思主义，与李大钊一起被称为“北李南杨”，是广东最早的共产党员之一，受党委派在国民党中担任过组织部秘书、代理部长，驻国民党中央党团副书记，曾参与领导省港大罢工，调查廖仲恺遇害案。他战斗的一生充满浩然诗意，更具有传奇色彩！

湖北应城人许白昊时年 28 岁，在上海开始革命生涯，曾前往苏俄参加远东民族大会，23 岁在上海入党，参加过中共二大，后来回武汉从事工人运动，曾参与领导京汉铁路大罢工，是湖北工人运动领袖之一。

前面说过了，浙江平湖人张佐臣只有 21 岁，他 18 岁加入中国共产党，曾任中共无锡县委书记、上海总工会副委员长。他年纪轻轻，却颇具号召力，杨培生就是经他介绍加入中国共产党。时年 44 岁的杨培生入党也才两年时间，参加过上海三次工人武装起义，担任上海总工会负责人。他们在工作中建立了深厚友谊，成为生死与共的战友。

江西吉安人刘峻山时年 28 岁，1924 年进入“东方红色大学”——上海大学读书，在这里受到革命思想的熏陶，并参加革命，短短几年间，辗转在上海、广东、江西三地从事党的工作。

北京延庆人周振声，出生年月不详，铁路工人出身，1922 年加入中国共产党，曾任中华全国铁路总工会执行委员、中华全国总工会候补执行委员。当时他在郑州、开封等地坚持地下斗争，他有可能是缺席中共五大而当选中央监察委委员。

湖北黄陂人蔡以忱，时年 31 岁，1923 年经董必武介绍加入中国共产党。北伐军攻克武昌后，他出任中共湖北区委宣传部主任，后任湖北省农民协会执行委员兼组织部部长，是湖北农民运动的重要领导人。

湖南衡阳人萧石月，时年 27 岁，1922 年初加入中国共产党，长沙地区工人运动领袖之一，1924 年 9 月赴苏联入莫斯科东方大学学习深造，中共湖南区委委员。在湖南新化锡矿山从事工人运动，领导组织了一支工人武装。

广东河源人阮啸仙，时年 30 岁，广东共产党早期党员、广东青年运动的先驱，大革命时期与彭湃、毛泽东一起领导农民运动讲习所，负责革命力量的培养。中共五大时，阮啸仙在香港从事地下工作，缺席当选中央监察委委员，这是党对他工作作风、革命品格的最大信任和肯定。

首届中央监察委员会，像一柄利剑映射着熠熠赤光，树立起不朽的丰碑。10 名监察委委员，后来有 8 人牺牲，其中 4 人牺牲于上海这片中国共产党诞生的热土。8 名烈士牺牲时，最大的 45 岁，最年轻的只有 21 岁！人间正道是沧桑，革命者牺牲的烈血，如枫，如火，永远辉映着这万里红色江山！

第一章

革命晨曦、光明启程

1. 谁知光明

滚滚长江东逝水，她挟万钧之势自高原奔下，一路上凿穿峡谷，切割峻岭，挥洒出壮阔，奔腾着诗情……1919年秋天，千里江陵，秋色连波，20岁的许白昊背着简单的行李离开武汉，在江湖相伴的旅程中乘船到了上海，这里将成为他革命生涯的起点。

许白昊是湖北应城人，幼时江汉平原年年灾荒，他被迫从私塾辍学，才十来岁就不得不扛着根小扁担，随父亲当挑夫维持生活。辛亥革命后，他考入湖北甲种工业学校机械科，因家庭经济困难，再次中止学业，来到上海进入一家机械厂当工人。年轻躁动的心，如春江潮水，汹涌不止，在上海糊口是勉强可以做到了，但这不是许白昊理想中的生活。不久他辗转去到杭州，在电机绸缎厂充当修机匠，后考入浙江省立工业学校学习。不过，他又一次辍学了，五四运动带来的思想上的极大冲击，使他希望找到一条路，探寻民族前途。因缘际会之下，许白昊进入黄炎培创立的上海中华职业学校就读。

黄炎培早年曾以记者身份前往美国、日本、菲律宾等国考察职业教育，结合他对安徽、江苏、浙江三省教育情况及社会对人才需求的了解，他深感中国旧教育与职业分离、学校与社会脱节的弊端，提倡融教育与职业于一体。1917年5月，黄炎培联合蔡元培、梁启超等著名人士在上海发起成立中华职业教育社，开展职业教育实践。一年后，黄炎培创立中华职业学校，当时被称为“最富有实验性的学校”，以机械、土木、商科三大门类，培养实用型人才。

许白昊能做工，又是有知识的青年，还懂英语，在这里学习成绩极优秀，如锥立袋中，脱颖而出，这时候他开始接触到马克思主义。无巧不成书，此时还有几个湖北人正在上海接受马克思主义洗礼，他们是董必武、陈潭秋等。这样的历史很有趣，他们并不是为了追寻马克思主义而来上海，但他们在上海与马克思主义风飞云会般相遇。

董必武原名贤琮，号壁伍，参加过辛亥革命，并认为革命非有武装不可，于是改用“必武”为名，以寻找新的有力的革命道路。为此，他赋诗一首，表达自己的信念和胸怀：

重违庭训走天涯，不为功名不为家。
旋转乾坤终有日，神州遍开自由花。

1919 年，董必武到上海为护法运动中被杀害的鄂西靖国军总司令蔡济民申冤奔走，并拜访孙中山，孙中山表示“仓促遇害，至可矜恤”。即便如此，依然申冤无路，令董必武陷入苦闷和惆怅。经人介绍，董必武认识了同乡李汉俊，这是一个促使其思想飞跃的“启蒙者”。李汉俊向董必武介绍了俄国十月革命的情况，董必武的革命道路由此迎来转机。他离开上海返回武汉，一番全新的革命事业正在等待着他去开创。董必武后来回忆称，李汉俊介绍他读《马克思主义入门》，看《政治经济学入门》等书刊，并把这些称作“我们的老师，我们的‘本钱’!”

许白昊此时并不知道这些，他不知道陈独秀、李汉俊、李达等人正一次次地高谈阔论，为一个日后被证明为开天辟地的先进组织的呱呱落地做着准备，推动这势不可当的科学社会主义潮流化作冲击一切陈腐思想和势力的浪涛……他奔波在这看起来繁华富丽的十里洋场、中国第一大都市，看到大多数人深陷于困苦当中，看到工人们用血汗换工资，却受到盘剥、虐待，被任意打骂，随意开除……直到他偶然读到一本陈望道所译的《共产党宣言》，仿佛沉沉黑暗中突然绽出第一缕晨曦，从此在许白昊心中写下了共产主义崇高壮丽的史诗篇章。

在中华职业学校，许白昊结识了他的引路人——《劳动界》编辑、湖南人李启汉，并受到李启汉的赏识。《劳动界》是上海共产党早期组织创办的第一份工人周刊，专门针对工人群体进行马克思主义宣传。许白昊从工友处找到一本《劳动界》创刊号时，情不自禁大声读起李启汉所撰的发刊词来：

> 工人在世界上已经是最苦的，而我们中国的工人比外国的工人还要苦。这是什么道理呢？就因为外国工人略微晓得他们应该晓得的事情，我们中国工人不晓得他们应该晓得的事情。我们印这个报，就是要教我们中国工人晓得他们应该晓得他们的事情……

中国工人应该晓得什么样的事情？许白昊心潮澎湃，为这本周刊所完全吸引。后来，许白昊又从《劳动界》读到《一个工人的宣言》："工人的运动，就是比黄河水还厉害还迅速的一种潮流。将来的社会，要使他变个工人的社会，将来的中国，要使他变个工人的中国；将来的世界，要使他变个工人的世界……俄国已经是工人的俄国……这个潮流，快到中国来了。我们工人就是这个潮流的主人翁……"立即，许白昊内心像被长江水充满一样心潮激荡，他无比渴望这潮流漫过脚下古老的大地。

许白昊第一次见到李启汉，只见他身材不高，不短不长的头发蓬松在额头上，对人总是面带微笑，神采奕奕。李启汉在长沙时加入毛泽东创办的新民学会，到北京后又受邓中夏和李大钊的影响，精心研读马列主义著作，从激进的民主主义者转变为共产主义者。1920 年 5 月，李启汉赴上海华俄通讯社工作，住在新渔阳里（今淮海中路 567 弄）6 号，结识了老渔阳里 2 号《新青年》编辑部的陈独秀、李汉俊、李达等人。上海共产党早期组织领导下的上海社会主义青年团成立后，李启汉成为最早的团员之一，不久由青年团员转为共产党早期组织成员，开始从事工人运动。

李启汉经常操着一口上海话和工人们一起聊天，许白昊还以为他是上海人。他见到许白昊，却用一口湖南话笑道："许白昊，这几天听你们学校很多人讲起你，我知道你是湖北人，我是湖南人，我们隔着一湖洞庭水，算是半个老乡哟！"

许白昊也是笑道："对，我们是半个老乡，我知道你们湖南人，吃得苦，霸得蛮，耐得烦，深为佩服！"

"天上九头鸟，地上湖北佬。你们湖北人聪明、勇猛，不畏强权，崇尚自由，也要向你们湖北人学习！"李启汉显得很谦逊。初次见面，许白昊便被李启汉的热情所感染。他们都是怀有救国救民之心的热血青年，志趣相投，一见如故，每次见面必讨论中国的出路所在。

李启汉后来被誉为工运"健将"和"先锋"，许白昊发现他极善于启发青年工人的觉悟，宣传革命真理，引导他们将热情投入工运斗争。当时，在上海流传着"工人不出头，出头便入土"的话。李启汉在黑板上写下"工人"一词，又写下"天"字，别出机杼将其改成："工人两字合起来，是一个天字，所以工人就是天。"这给许白昊留下极深的印象！

22 岁的李启汉只比许白昊大一岁，两人都处于意气风发的年纪。而工人们大多不识字，在李启汉、许白昊身边就多少有些自卑，有人说："谁也看不起我们工人，有钱的人不用说，见了我们还要捂着鼻子，连有些工人也看不起自己呢！"

李启汉露出严肃的神情，说道："工人不要糟蹋自己！世界上哪样东西不是劳动创造出来的！轮船、火车，没有工人开不动；机器没有工人就会生锈。只有工人阶级，才有伟大的将来！"

许白昊接过话题说道："工人阶级是有力量的，只要工人们团结起来，一定可以做天下的主人！"工人们的心，一下子就热乎起来了。

当时，上海一些产业工人自发组织了工会，许白昊跟李启汉发牢骚道："这些工会要么有名无实，要么干脆就是黄色工会，由资本家代理人和一些高级职员组织，还有些非工人混入，形形色色，不一而足。这样的工会并不能团结工人，更不能维护工人利益！"

李启汉听了，若有所思："成立新型的完全代表工人的工会，以代替旧的工会，势在必行！你等着看吧，这件事已经在进行之中了。等到我们把上海几十万产业工人全组织起来，那是怎样的一股力量哟！"

事实上，中国共产党成立前，中国工人为了反抗帝国主义和买办官僚资本的剥削和压迫，也有过一些自发的组织，有的是带有封建色彩的帮口行会，没有明确的政治目标，更没有形成坚强的斗争意志。对此，上海共产党早期组织早已意识到问题所在。陈独秀在《劳动界》上发表的《真的工人团体》一文，就号召"觉悟的工人呵！赶快另外自己联合起来，组织真的工人团体呵！"其心情之迫切跃然纸上。

1920年起，上海、北京、武汉、长沙、济南、广州等地建立起共产党早期组织后，积极深入工人群众中进行宣传发动工作。

上海共产党早期组织委派成员李启汉和李中开展工人运动。他们走进中华职业学校，由于这里招收了许多工读学生，李启汉、李中希望在其中发现些人才。他们接触到了许白昊等 30 多人，并召集他们开了几次会。这年 10 月，由李中与杨树浦电灯厂工人陈文焕共同发起，在新渔阳里 6 号外国语学社，召开上海机器工会发起会，陈独秀、杨明斋、李汉俊、李启汉、王平、吴溶沧等 6 人以来宾身份出席会议。会场约有 100 名机器业工人，许白昊坐在台下，第一次见到大名鼎鼎的陈独秀、李汉俊等风云人物。上海机器工会成立时，在白克路（今凤阳路）207 号上海公学里，有机器工会会员、各方代表及来宾近千人出席，孙中山、陈独秀等社会各界代表纷纷前来祝贺。孙中山在会上作了一次极长的演说，他强调“贯彻民生主义，非在官僚手中夺回民权不可”。陈独秀也在会上告诫大家：“工人团体须完全由工人组织，万勿容资本家厕身其间，不然仅一资本家式的假工会而已。”

上海机器工会是在上海共产党早期组织领导下成立的第一个职业工会，它的建立引起了国外工会组织的关注，世界工人联合会执行部总干事罗卜朗（Roy Brown）专门发来贺电：“我们从美国的中国工人朋友中，听到你们竭力组织和教育你们国里的工人，我们因此希望你们的成功。”

上海机器工会以崭新的姿态明确宣布：“第一，不要变为资本家利用的工会；第二，不要变为同乡观念的工会；第三，不要变为政客和流氓把弄的工会；第四，不要变为不纯粹的工会；第五，不要变为只挂招牌的工会。”它制定了中国第一份工会章程《上海机器工会章程》，指出上海机器工会的宗旨为：“谋本会会员底利益，除本会会员底痛苦。”李达主持的《共产党》月刊为此称赞它是“办理得精神，有色彩的工会”。许白昊加入机器工会，了解了它革命的真谛。

1921年4月，李启汉数次召集劳工团体代表在新渔阳里6号举行“五一”纪念筹备会，以进一步组织发动上海工人阶级投入工运斗争。严密监视李启汉等人行动的上海公共租界工部局在《警务处日报》中有详细记载：“四月十七日上午十时，在霞飞路渔阳里六号有二十八人开会讨论庆祝‘五一’劳动节的筹备工作。著名之中国布尔什维克，陈独秀的跟随者，湖南人李启汉任主席。会议决定努力使所有的工人和劳动者，在五月一日停工，举行群众大会，会场另定，举行游行，说服各报出劳动副刊。出席会议的均系煽动分子……”五一前夕，新渔阳里6号遭到搜查。巡捕突然出现，李启汉等人来不及撤离，但李启汉毫不慌张地用地道上海话同另一位代表聊家常，又毫不在意地回复巡捕的询问，趁其不备溜走。李启汉的圆通机警使得包惠僧、许白昊等人深深折服。

春去夏来，中国共产党刚刚宣告成立不久，中国劳动组合书记部就在上海北成都路19号（今成都北路899号）挂上了办公牌子。当时，中国共产党的活动是比较秘密的，共产国际代表马林提议，成立一个公开的指导全国工人运动的工作部。包惠僧回忆称：“在中国共产党第一次全国代表大会上通过了‘劳动运动计划’……接着在8月间，中国劳动组合书记部于上海宣告成立。劳动组合书记部是中共中央为实现劳动运动的计划，指导全国工人运动的工作部，并且创办了机关报《劳动周刊》。”罗章龙的回忆则指出了“组合书记部”这个名称的来由：“中国共产党成立后，主要是领导工人运动。当时农民运动没提到议事日程上来。书记部是国际代表建议成立的。劳动组合原是日本的名词，因为当时日本工会很多，比较发达，这个名词是译来的……当时上海有几十万产业工人都没组织起来，因我们党自己还没有工会，只能成立工会书记部，是联络性质的，实际上是过渡性质……”

中国劳动组合书记部发表宣言称：

> 资本主义在中国各大商埠发展的状态，和在世界上任何地方发展的状态是没有分别的，新式的生产制度一天一天的把旧的生产方法毁灭，一天一天的把劳动者集中到工厂里去，叫他们做机器的附属物。一班男女劳工在这种新式的生产制度下面的工作情况，简直是和牛马一样。
>
> 他们把劳动力卖给资本剥夺者，换到极少的工钱。他们血汗换来的工钱，多半不能维持自己生活，受饥受冻的劳工，随处都可以发现。还有千万的小孩子们，不分日夜，到纺织等工厂里去作工，工作时间多半是每天十二个钟头起码。他们的康健是牺牲在这剥夺制度之下，他们定不能得受教育的机会。他们从极年幼的时候，就变成了本国或外国资本家的富源开发者，并变成了资本家的新式奴隶。这种痛苦的工作状况，加在这班男女工人和童工的身上，一定会迫着他们自己团结起来，向着他们的东家——剥夺者——为有力的奋斗，这是我们敢断言的。
>
> 但是劳动者没有组织，或是只有公所和无意义的工会组织，自然这种团结是不能够自卫，也自然是无反抗的能力。而且劳动者把他们自己分成什么宁波帮、广东帮、江北帮等等是不行的。这是把自己分裂的办法，怎样能拿着这种团体来和资本家奋斗呢？我们只有把一个产业底下的劳动者，不分地域，不分男女老少，都组织起来，做成一个产业组合。因为这样一个团体才能算是一个有力的团体，要这样的组织

法，劳动者才能用他们的组织力，做奋斗事业，谋改良他们的地位呢。

中国劳动组合书记部是由上海——中国产业的中心——的一些劳动团体所发起的，是一个要把各个劳动组合都联合起来的总机关。他的事业是要发达劳动组合，向劳动者宣传组合之必要，要联合或改组已成的劳动团体，使劳动者有阶级的自觉，并要建立中国工人们与外国工人们的密切关系。但是这些事业是必要大家都来做的，所以我们请求那些已成立的劳动团体加入这个书记部与我们共同进行。

劳动界的伙伴们呀！我们拿外国经历过的事实做比例，知道我们的事业在起手的时候，一定要遇着非常之多的困难。特别是我们这个阶级的知识缺乏，是最大的困难。但是资本制度在中国日见发达，我们极相信劳动者的团体也会日见发达，日见有力；并且我们相信将来的世界一定是工人们的世界。中国的工人们呀！我们赶紧联合成劳动组合呀！

许白昊读着这样的文字，猛然间觉得自己变得成熟，变得沉稳，变得有力量，他看得出来，中国劳动组合书记部是为工人说话撑腰、帮助工人争取提高待遇和社会地位的启蒙者，更是工人们寻求解放、寻求真理的引路者。许白昊觉得自己看到了一条光明的前路，想到迟迟未回复的家里来信，他心中激荡，立即提笔回信：

二弟鉴：

接得你的来信说叔父不能管兄的一切事情。弟为兄事商议胡良宪姻叔办理，兄看了之后，欢喜得了不得。何则叔父近年来年老力衰，精神一日差一日。我弟能举持家事，不要父母操心，在家能顺父母的欢心，在外可称为有用之人。此即是古今来所说的正大光明的君子一样的人。望我弟今后任遇到家内的大小事情，总是自己亲身去做，不劳父母操心，那是更好的了。至若问兄究竟所做的是什么事情，兄前回的信已大概说过了。今再简单说明，就是专心实业制造的学问，考求中国实业，应如何可以发达的道理。若其详细情形，两三年后，自能大明白于天下。此时还未必明细发展的地步。总而言之，兄决当做中国有用之人，不但自己不得为下流之人，并且愿教训中国已入下流之人……再二弟总要时时多读书，多识字，以便将来一日进步一日。三弟更要好生看护他，第一要使身体强壮，将来好求有用之学问。教训的责，乃父母弟任之也……兄的事情请大人不必记念在心，兄自当勉力，决不愿落于人后。

兄可　手书

许白昊父亲许宗模膝下7个儿女，3个儿子中许白昊排老大。幼年时许白昊被过继给伯父伯母，于是称亲生父亲为叔父。后来他长年在外，周围乡邻多有议论，认为他惹是生非，干出不三不四的事情来。为此，父亲许宗模很是担心，想要弄清他到底做何种事情。许白昊用这封“决当做中国有用之人”的家书表达了他志在救国救民的抱负！

许白昊加入中国劳动组合书记部，与李启汉等人一起，通过举办工人学校、出版工人刊物，启发工人革命觉悟，帮助工人建立自己的工会，组织工人开展提高地位和维护权益的斗争。书记部先后领导上海英美烟厂工人进行罢工并组织了上海烟草工会，以后又在领导组建烟草、印刷、纺织、机器工会的基础上，成立上海各业工会代表团，许白昊由此见证了第一次全国工人运动高潮的序幕画卷般壮阔地掀开。此后，书记部的各地分部掀起的工人运动如浪涛般涌起：北方分部领导了陇海铁路工人大罢工；湖南分部在长沙和安源煤矿、水口山铅矿工人中创办了工人学校，组织工人俱乐部；武汉分部先后领导粤汉铁路徐家棚机车处和汉口人力车夫的大罢工……

1921 年 10 月 22 日，感受过工运浪潮的许白昊以“赤光”之名在第 11 期《劳动周刊》发表作品《工人歌》：

> 青翠的山，碧绿的原。光华灿烂，锦绣河山。此何人力？我们工人！自作自受，理所当然。快活日！快活日！各尽所能！各取所需！谁知世界，异样不平！灿烂春华，权门世家。玲珑秋月，瑶台朱阁。我们工人，冻着饿着！快活日！快活日！不做工，你弗得食！我们没有，我们有手。我们没有，我们有口。我们的口，不得自由！我们的手，终日不休！谁知光明：看在我们的口和手！看啊！快活日！快活日！光明世界，只是工人！有口有手！

两年前，自武汉乘船顺着滚滚长江来到上海，许白昊见识过青翠的山、碧绿的原，几经磨砺，终于胸有丘壑，成为书记部属下劳动组织研究会会员，站在了中国产业工人的前列，他渴望着工人们的快活日，那样光明，那样灿烂。我们工人，有口有手，长风破浪会有时，直挂云帆济沧海！许白昊知道了真正的光明来自何处，他渴望光华这个时代！

2. 借次清霜

> 自马克斯氏出，从来之社会主义，于理论及实际上，皆顿失其光辉。所著《资本论》一书，劳动者奉为经典……马氏以唯物的史观为经，以革命思想为纬，加之以在英法观察经济状态之所得，遂构成一种以经济的内容为主之世界观，此其所以称科学的社会主义也。

1919 年底，杨匏安在《广东中华新报》上对马克思主义发出热情讴歌并作系统介绍，这与李大钊《我的马克思主义观》形成南北呼应。马克思主义声势大涨。

这时距杨匏安在《广东中华新报》做专栏只过去了一年时间，时代已有沧桑巨变之趋势。数年前，杨匏安在日本结识容伯挺、陈大年等人，其时杨匏安在一批革命党人、新闻界和教育界的朋友中间以诗才闻名。和陈独秀自日本回上海创办《新青年》以改观全国思想一样，容伯挺、陈大年等人回到广州办了《广东中华新报》以张新思潮。1917 年底，容伯挺、陈大年颇有远见卓识地邀请杨匏安来当专栏作家。杨匏安在《广东中华新报》刊发了《青年心理讲话》《美学拾零》等文章。其中《美学拾零》是我国最早系统介绍西方美学思潮的文章。

杨匏安，字麟焘，1896 年出生于广东香山县南屏乡北山村一个破落的茶商家庭，祖上曾把生意做到南洋、印度和拉美，富甲一方。鸦片战争后，杨家彻底破产，杨匏安父亲靠在茶庄当雇员养家糊口，忧郁成疾早逝。杨匏安的母亲陈智生下的 9 个小孩中只养活了杨匏安一人，并在孩子父亲去世后，扛起了这个家的生计。

1910 年，杨匏安考上广东高等学堂附中，母亲把家里仅有的 3 亩地卖掉才筹集到他的学费。辛亥革命爆发，后袁世凯篡权，再后“二次革命”失败。军阀龙济光入主广东奸淫掳掠，无恶不作。而反动官绅卷土重来，将香山城乡弄得一片乌烟瘴气。“霜气已沉文物改，云流垂尽管弦凄。”杨匏安愤于山河破碎，心中燃起救国壮志。

18 岁时，杨匏安回到家乡，在恭都学堂开始教师生涯，因举报校长肆意侵吞公款，结果校长诬告他们“结成团伙，图谋不轨，捣乱学校”，杨匏安与堂叔杨章甫被判入狱。经过母亲陈智不懈营救，关押数十天后才得以释放。

1915 年春，杨匏安与杨章甫东渡日本，在横滨游学。他们靠找零活度日，常常吃不上饭，更交不起房租。每到交房租的时候，一听见房东上楼梯的声音，心里就莫名紧张，杨匏安为此写下“避债怕闻梯得得”的谐趣诗句。幸亏隔壁女私塾主人潘雪箴伸出援手，介绍学生买他们自编的刊物，也常邀杨匏安和杨章甫到家中吃饭，谈天说地，纵论古今，才使他们度过最艰难的时光。潘雪箴是康有为堂弟媳，是一位热爱祖国、富有民族气节的华侨老教师，与儿子康佛、女儿康若愚一起生活，他们一家三口像良师，像益友，又像亲人，给了杨匏安极大的关心和照顾。

此时在横滨齐集了一批早期革命党人，曾参加中国同盟会、中华革命党的陈大年，偶然读到同乡杨匏安自传式的作品《如此》，了解到他们因举报校长贪污而蒙冤入狱的经过。陈大年对此唏嘘不已，既同情杨匏安的身世，又不平他的遭遇，更叹服他的文采。之后，陈大年将杨匏安介绍给容伯挺认识，容伯挺曾担任上海《中华新报》记者，时以“人直、口直、笔直”闻名，参与过李大钊、林伯渠等发起组织的神州学会，以求得挽救民族、振奋国群之良策，他见多识广，也很欣赏杨匏安的才华。

与众多开眼看世界的革命志士一样，杨匏安也开始学习马列主义著作，积极收集和接触各种社会主义思潮流派的资料，康若愚后来回忆称：杨匏安初到横滨时，还常和国内的无政府主义者通信，后来自学了日文版的马克思主义译著，思想就渐渐变了。

1916年秋，潘雪箴一病不起，请杨匏安暂时代课，没想到不久她就告别了人世。康佛、康若愚的情绪一度比较低落，有一天杨匏安写下《菩萨蛮回文词》赠给康佛兄妹：“鸟啼愁处红花笑，笑花红处愁啼鸟。游客莫多愁，愁多莫客游。树摇蝉咽苦，苦咽蝉摇树。长夏困怀乡，乡怀困夏长。”以作安慰。

也就在这时，杨匏安接到母亲病重的来信，作为独子，他五内如焚，匆匆回国探视，赶回家才得知母亲是为使他早日完婚而谎称重病，且已为他订婚，对象是翠微乡姑娘吴佩琪。母命难违，杨匏安不得不与吴佩琪完婚。婚后，杨匏安将全家迁往澳门。一个月后，康佛、康若愚兄妹应杨匏安和母亲陈智的盛情邀请，也回国来到澳门。当时杨匏安家中人口多，生活比较困难，其间他写下大量诗词，意气多见消沉。其中一首五律诗《消夏》可见一斑：“春衣典尽觉身轻，日日江头著屐行。不作词人防感喟，偶同渔父话虚盈。人闲只合看云坐，世乱聊为带雨耕。我已无心问哀乐，残蝉何事倚高鸣？”道尽了尘世乱浊、心无所寄的怅惘。

“自分凿坏归隐去，壮怀收拾叹汪洋”，傲骨铮铮的杨匏安难免兴起壮志难酬的叹息。1918年春，杨匏安受容伯挺与陈大年邀约，带着一家老小自澳门迁往广州，寄居在杨家祠后座东厢房。

杨家祠由北山杨氏家族出资兴建，以供杨氏子弟赴省城广州读书应试栖居，已有百余年的历史。据杨匏安长子杨文达回忆，杨家祠原来面积颇大，西邻为两广总督衙门，大革命时期为省长专员公署，南面为司后街，北面为公署内兵营。杨家祠主要部分为一座两进深的旧式建筑，门前两侧种有两棵10多米高的梧桐树，前座大门门楣上挂有“泗儒书室”横匾。家祠大厅深9米半，连东西厢房横宽13米。后堂正中为杨氏宗亲的神主牌位，西墙挂有黑板，还有长台、长凳等设备。前后座东西均有厢房，上有小阁楼，各自有精巧的楼梯上下。

春节刚过，杨匏安找到位于广州西关第七甫58号《广东中华新报》报社，见到了社长容伯挺和总编陈大年。自日本一别，将近两年未见，几人寒暄一番，容伯挺和陈大年便开始向杨匏安介绍《广东中华新报》的情况。

陈大年首先对杨匏安说道：“麟焘兄，你文字雅洁，一望而知曾致力于古文者。我们创办这份报纸，正需要你的如椽巨笔助一臂之力！”

社长容伯挺也在一旁笑道：“我们这份报纸重点突出一个‘新’字，我们两人商量很久，准备开设一个‘世界新语’专栏。我们知道你在日本广泛研读世界各地新学说，所以请你来做这个专栏的作家。”

杨匏安一听，笑道：“听到你们办报，我可是急欲投奔你二位干一番事业，借用孟夫子一句话正是：不敢请耳，固所愿也！”

陈大年一听，也不避讳：“我知你有一大家子要养，所以也帮你介绍了一份工作，到时敏中学当教务长，不过，时敏中学这些年经营不善，你对此也要有思想准备！”

杨匏安难得地意气风发说道：“那我可就要一心二用，一边教学，一边办专栏，往后要你们多多照顾咯！”

1918年3月开始，杨匏安在《广东中华新报》发表《王呆子》等一系列文章，还翻译过托尔斯泰的小说。他的10多首诗词也相继刊载，得以留存于世。第一篇短篇小说《王呆子》用浅白文言文写成，讲述农民王呆子在父亲被恶霸郑氏逼死、姐姐被抢走并被殴打至死后，对仇人郑氏始终恭敬有加，还请求为其做工，取得郑氏信任。清明节时王呆子为郑氏一家挑着祭品上山扫墓，趁郑氏不备，击其脑，刺其腹，撕裂其胸，向天哭喊，以慰父亲及姐姐亡灵……作者对被压迫的劳动人民的深切同情，以及对吃人的封建社会的无比憎恨跃然纸上！

创作之余，杨匏安认为当下民困国弱，礼教废弛，都与国学教育不强有关，为此在时敏中学大力倡导国学，并经常举办中国诗词讲座，还到康若愚担任校长的道根女师讲授诗词，传授他的文学主张——“诗文一道，首贵无俗气。外质中膏，声希趣永者，上也”；“义取敦本务实，辞唯绝俗清高”。他后来的传奇经历，张扬着与文品一致的高洁品性，连周恩来都极为钦佩。

1919年1月，巴黎和会召开，许多人抱有中国作为战胜国可以收回自己领土权益的乐观想法。杨匏安在《广东中华新报》发表《永久的和平果可期乎?》一文谈了自己的看法，他认为所谓“永久的和平”，只能是人们美好的愿望而已，他写道：“盖欲图真正永久的平和，须先泯灭一切种族偏见及破除宗教之人我执，一视同仁，强弱相扶，贫富相济，必待国际的生存之意义毕竟完成，夫然后永久平和庶几可期矣。不然，若今日仍以有色人种之名，而凌虐亚细亚及非洲诸族，或以异教之故，务排斥基督化外之民，一若天经地义，行所当然者，如此而欲平等大同，非欺人之语，则亦徒托空想焉耳……若夫念及太平洋之将来，则吾人尚难高枕而卧也。”杨匏安开始以历史唯物主义的眼光观察时局，见识何等老到辛辣！

至于中国在巴黎和会上的外交失败，点燃五四爱国运动的导火索，又非帝国主义列强所能预料的了。杨匏安对巴黎和会结果“心悬悬而不能释”，他积极号召同学们“读书不忘救国，救国不忘读书”，支持同学们的爱国行动。当学生提出“打倒三大亡国公司”口号，砸烂日货招牌、追打日本人等情况时，广东当局出动军警镇压学生，拘捕刘尔崧等学生，杨匏安和陈大年在报上发表文章，引导社会善待青年学生，杨匏安称：对青年学生要“善为诱导，不当压绝”，对他们的某些过失，“只宜劝诫，不宜惩罚”；同时也引导青年学生要理性思维、理智行动。于当时而言，殊为不易，足见杨匏安的清醒。

在杨匏安等人呼吁帮助下，刘尔崧出狱并赋诗一首：“莽莽大地，哪块是我们的故乡？济济众生，哪个是我们的知己？孤零零的几个人，连成一起；海可枯，石可烂，此志不可移。”以此表达他的革命意志。五四运动由此构成一种时代磁场，将知识分子、青年学生、工商各界凝聚成钢铁般牢固的力量，杨匏安也在这种吸引中看见中国的希望，更结识了一大批在运动中涌现出来的先进青年。后来，阮啸仙、刘尔崧、周其鉴、张善铭等甲种工业学校的学生领袖，谭天度、冯菊坡等青年教师，梁复燃、王寒烬等青年工人，常到杨家祠与杨匏安联系，他们这些五四“弄潮儿”就此团结在一起。

此时，李大钊、陈独秀主持的《新青年》《每周评论》扩大宣传新思想、新理论，锋芒毕露，灿如北斗。李大钊、陈独秀在《新青年》上创办《马克思研究》专号，更是风靡全国，这一切都让容伯挺、陈大年、杨匏安等人意识到社会风气的巨大变化。

这天，三人讨论《广东中华新报》发展方向，容伯挺提出：“我们《中华新报》创办时，就突出一个‘新’字，如今时局变化，我们更要办一个新专栏，将世界上一些新思想、新理论、新文化逐一介绍给国人，我想就由匏安来做这件事情!”

陈大年极力赞成，说道：“这个想法好，向国人通俗介绍世界各国新思想、新理论、新学说，就等于在报上办个通俗大学校，专栏不妨以此为名!”

“世界的大潮如浩浩大洋，奔腾澎湃，我一定尽全力把这个专栏办好!”杨匏安答道。

在“通俗大学校”专栏上，杨匏安以《美学拾零》为题分别介绍了柏拉图、康德、费希特、黑格尔和哈特曼等10多位西方著名学者的美学思想，可以说是我国最早系统地介绍西方美学思潮的文章。此后，杨匏安又在专栏介绍西方各派哲学思想和社会主义思想，涵盖西方诸多哲学流派，大大拓宽了当时人们的哲学视野。在介绍西方社会主义学说时，他突出介绍马克思主义，这时候的杨匏安的世界观正向马克思主义大步迈进。

1919年秋天，杨匏安发表《社会主义》一文，赞扬《资本论》为“社会主义圣典”，同时公开指出：“现在之社会状态，实劳动者奋起革命，以求改造之时期也。”他已开始把马克思主义与改造中国社会直接联系起来。

而在《马克斯主义》一文中，杨匏安赞誉马克思主义为“空前的社会哲学”。并称：“自马克斯倡其唯物的历史观以后，举凡社会的科学，皆顿改其面目。”对马克思的唯物史观评价极高。杨匏安最后断言：“马氏之言验矣，今日欧美诸国已悟布尔什维克之不能以武力扫除矣。”言之凿凿，气势横空。

这是“北李南杨”——杨匏安和李大钊这两位最早传播马克

思主义的先驱一起播撒革命火种的高光时刻。

时光匆匆，1920 年 7 月，杨家祠麻石板上泛着刺眼青光。一大早，谭平山和谭天度来访杨匏安。谭平山 30 来岁，留着两撇小胡子，颇有些不修边幅。一番寒暄后，谭平山开门见山道："今天一来是为取经，二来就是见见杨匏安先生。我读过杨先生诸多大作，特别是《马克斯主义》一文，和李大钊先生《我的马克思主义观》同为珠玉，两位先生都不愧为扛起马克思主义旗帜的旗手!"

杨匏安连忙说道："惭愧！岂敢与李大钊先生相提并论？倒是你在北京参与领导五四爱国运动，才真正是青年翘楚，当代风流人物!"

谭天度一旁笑道："讲到青年翘楚，我跟平山说过，你这里往来无白丁，谈笑皆为热血青年，平山很希望跟他们认识，交个朋友!"

三人高谈阔论，茶水喝了一壶又一壶。此后，谭平山多次去杨家祠找杨匏安，共同探讨时局及办报事宜。1920 年 10 月，《广东群报》发行，编辑部坐落于西关第七甫 100 号，离原《广东中华新报》社址不远。以西关第七甫为基地，自此形成了一个包括谭平山、谭植棠、陈公博、谭天度、杨匏安、冯菊坡、阮啸仙、刘尔崧、周其鉴、张善铭、杨章甫等十几人的小团体。

此时，《广东中华新报》报社已被陈炯明查封，社长容伯挺逃亡香港，陈大年转行做律师，杨匏安离开报界，在甲种工业学校和南武中学做兼职教师。谭平山来到杨家祠，通报了组建广州社会主义青年团的基本情况，并邀请他们加入。谭平山的坦率，获得了杨匏安、杨章甫的信任，两人异口同声表示同意加入。1920 年 11 月下旬，广州社会主义青年团成立，谭平山获选为青年团领导人，成员有杨匏安、阮啸仙等数十人。青年团成立时声势极为浩大，参加分子有各学校的教授，也有各学校的学生，不过，其中也有无政府主义者，这也造成了青年团一段时期的宗旨混乱。

这一年底，陈独秀自上海南下广州，担任广东教育委员会委员长。他和谭平山、陈公博、谭植棠有师长之谊，也一起参加过五四运动，关系密切。当时中国前途殊可忧虑，兼之也震于列宁在俄革命的成功，陈独秀和他们商谈了有关建立共产党组织的问题，经过几次酝酿，1921 年春他们组建了真正的广州共产党早期组织。谭平山三人主持的《广东群报》也迅速驶上红色轨道，《新青年》后来评价它为“广东十年来恶浊沉霾空气里的一线曙光”。

一个下着雨的春日，谭平山找到杨匏安，告诉他说：“共产党组织已经在上海、北京等地建立起来，去年仲甫先生来到广州，广州共产党组织也已在仲甫先生主持下建立起来了，这是一件大事。今天我找你谈话，就是想征求你的意见，请你加入共产党。”杨匏安没有任何犹豫，说道：“建立马克思主义政党，我是非常赞成的。我同意加入。”经谭平山介绍，杨匏安加入了广州的共产党组织。

杨匏安十分重视工人运动及解决工人教育文化的问题。他了解到陈独秀希望在青年中间推广国语，以此宣传新思想和新文化，他决定从注音字母入手。1921 年 2 月，注音字母训练班正式在杨家祠开班，由杨匏安和杨章甫担任教师，训练班学习免费。杨匏安采取直接办法，教 30 名学员“劳工神圣”“无产阶级”“阶级斗争”的国语注音及读法，使大家既能学会说国语又能明白革命的道理。陈独秀、谭平山、谭植棠等人也常来训练班上课，宣传革命思想。

春天，一切欣欣向荣。5 月，中共中央局开始整顿社会主义青年团，杨匏安参与了新的青年团的组建工作。之前，广东社会主义青年团是马克思主义者和无政府主义者的“混合体”，导致青年团在团员宗旨并不一致的混乱中解散。杨匏安为此特别关心要建成一个什么样的青年团的问题，在新青年团筹建会上他发言指出，我们的教训主要有两点，一个是信奉什么主义不明确，二是做什么事不明确。为此他建议要在章程中明确表明青年团信奉马克思主义，也要清楚表明青年团宗旨是搞社会革命，用马克思主义改造中国。

1922 年 2 月，杨匏安、杨章甫负责的团机关刊物《青年周刊》出版，杨匏安作创刊宣言，公开宣布社会主义青年团“最膺服马克思主义”，表示“社会革命”四个大字，就是我们先行的旗帜！这篇宣言拨开了青年团面前的迷雾，更使青年团生发出为马克思主义奋斗的精神！

在广东社会主义青年团确定领导人员时，杨匏安一再表示不进团领导机构，最后杨匏安担任了文书部秘书，负责《青年周刊》稿件编辑、发稿、出版事项，对此，他从始至终都十分用心。此外，他更是深深地沉醉于思想传播中，这显然合着他的秉性。在《青年周刊》上，杨匏安还连续发表《青年自觉》《社会主义与军人》《政权不应该要的吗?》等文章，表明青年团的宗旨是研究马克思主义，并实现马克思主义。长文《马克斯主义浅说》进一步说明了无产阶级革命和无产阶级专政，是马克思主义最核心的内容，这无疑也是他对未来的社会的期待。

杨匏安是一个诗人。在中共党员中，这时候已有不凡诗作的不少。比如周恩来 19 岁东渡日本时写下过一首七言绝句：“大江歌罢掉头东，邃密群科济世穷。面壁十年图破壁，难酬蹈海亦英雄。”气魄雄伟，撼人心魄。再比如陈独秀，也被认为是诗坛巨匠，其早年间诗作有“垂柳飞花村路香，酒旗风暖少年狂”的狂放，也有“男子立身惟一剑，不知事败与功成”的怅惘。再比如大才子瞿秋白，有“我是江南第一燕，为衔春色上云梢”的豪迈奋发。当然，不能不提毛泽东，他少年时就以一首《咏蛙》表达横空的气势：“独坐池塘如虎踞，绿荫树下养精神。春来我不先开口，哪个虫儿敢作声。”其诗作中的豪迈气概，有盛唐之风。杨匏安的诗作气质比较婉约，有“借次清霜坚傲骨”的自许，也有“我已无心问哀乐，残蝉何事倚高鸣”那种动人肺腑的悲郁！

“借次清霜”一句来自《秋夜同无庵闲步》。当时杨匏安自日本返国，有警察局官僚请他当秘书，他处身清寒，却不肯同流合污，遂在诗中写道：“拂面西风病乍苏，柳堤行尽屐声孤。大江潮涌初园月，浅渚秋惊熟睡凫。借次清霜坚傲骨，拼将浊酒斗孱躯。多时不作还乡梦，旧种黄花尚有无?”表达自己不为五斗米折腰的信念。在从事革命事业时，他身上始终洋溢着这一股诗人特有的质朴且纯粹的书生意气。

3. 雪满苏俄

秋末北方。铁路旁落叶乔木伸张着铁瘦的干枝，如剑如戟，萧杀中显着苍健。举目远眺，漫山红叶如映红天际的飞霞，如偾张着无尽生命力的熔岩，自由而恣肆。1921 年 10 月，列车缓缓行进在这北国画卷中。窗外陌生的壮阔大地，给人兴奋、紧张、期待感。这是一趟漫长旅程，张国焘、许白昊一行人将赴苏俄出席远东民族代表大会，这是中国共产党成立后第一次参加共产国际举办的会议。当时，派驻中国的共产国际代表马林，与陈独秀、张国焘、李启汉商量，在中国各地组织选派代表，最后决定由张国焘担任中国代表团团长。许白昊的代表证书，则由中国劳动组合书记部劳动组织研究会签发。

张国焘、许白昊一行人从上海坐船到大连，再乘火车北上，于 11 月 1 日到达北国边城满洲里。出满洲里往北，经赤塔，沿西伯利亚铁路一路往西，可直达莫斯科。那时众多革命者通过这条路去寻找救亡图存的出路。

当时奉系军阀严防东北地区“赤化”，满洲里空气较为紧张，正常办法根本出不了关。张国焘、许白昊一行人到达满洲里后，在旅店安顿下来，张国焘独自出门，找到满洲里某理发店，用一张极普通的商店名片，上面有一个不容易看见的针孔作为暗号，与作为交通员的理发店老板接上了头。

当晚，他们坐着一辆马拉橇车，在理发店老板护送下前往中俄边界并出境。约半夜他们到达距离边境 18 里地一个俄方车站，张国焘、许白昊等人被领到一节停在车站的三等卧车厢。这里已等候着10多位来自中国的赴会代表，还有几位日本和朝鲜代表。中国代表有自济南来的王尽美和邓恩铭，那时候许白昊还不知道他们4个月前出席过中共一大。此外，则是邓培、林育南、夏曦、高君宇、宣中华、于树德等人。车厢玻璃十分残破，只能用木板钉住挡风。大家相互介绍着，很多都是初次相识，但都无比热情。林育南和许白昊两个湖北人初次见面，亲切的乡音，拉近了他们的距离，后来他们成为并肩战斗的战友。

在这个小站的车厢里，代表们吃着黑面包，喝着热茶，根据报纸杂志得来的消息谈论着俄国十月革命，谈论着俄国布尔什维克，谈论着列宁。不久，又谈到了1919年3月在莫斯科成立的第三国际即共产国际，谈到了将要参加的这次远东民族代表大会。也就是在这节车厢里，许白昊和代表们填了《代表调查表》，写明各自的基本情况。表格以中、英、俄三种文字绘制，许白昊用名许赤光，以中、英两种文字填写。这是目前所能见到的最为可靠的许白昊个人履历。其详情如下：

调查表　中华共产党部

1. 出生年月日及姓名：1899年6月9日，许赤光

2. 受过几年的教育：十五年，湖北甲种工业学校毕业

3. 职业：机器工人

4. 社会的位置：工界

5. 你有什么委任状：劳动组织研究会的委任状

6. 属什么党派或团体：中华劳动组合书记部及劳动组织研究会的会员

7. 属什么工会：曾入机器工会

8. 什么时候到彼边什么地方：1921.11.1入俄边，满

洲里

9. 来俄的目的：赴伊尔库茨克会议

10. 会说哪一国的话：略识英语

11. 你已经在俄国多少日子：没有

12. 等等

署名：许赤光

第二天，一行人开始行进在苏俄国土。旅途中，苏俄内战留下的破败损毁现象随处可见。到达远东共和国首府赤塔后，稍作停留，再乘车去伊尔库茨克。到了车站，一群俄国男女老幼以轻蔑的口吻对着这群黄脸孔的客人喊道："要不要盐？要不要盐？"大家听了都莫名所以。

后来车站上一个华侨跟他们讲了一个流传在当地的故事，据说从前有一位居住在西伯利亚的中国老人死了，他的后代决定将老人遗体运回家乡，落叶归根。俄国只有薄木板的棺材，这位后人害怕先人遗体毁坏便买了大量的盐巴覆盖遗体，用以保存。从此"要不要盐？"便成为俄国人嘲笑或轻侮中国人野蛮的一句话了。弄清了缘由，一种异样的情感一扫踏入异国他乡的新鲜感，使张国焘、许白昊等人心里增添了几分不快。

一行人辗转到达伊尔库茨克，共产国际远东书记处就设在这里，他们住在远东书记处工作人员安排的一幢两层楼的招待所里。11 月至 12 月间，在此地举行了远东大会筹备会议。不过，会议具体日期并未确定，代表们只好在伊尔库茨克等待，其间受邀参加了不少集会、联欢、参观，还参加了星期六义务劳动。由于连年战争和反革命叛乱，苏俄经济并不景气，但许白昊等人还是感受到当地人民有一种解放的喜悦和当家作主的自豪感。

他们在伊尔库茨克待了近两个月，会议移至莫斯科举行。这一改动使代表们欣喜万分。1922 年元旦，雪满苏俄，许白昊等代表从伊尔库茨克起程，9 天后抵达莫斯科。1 月 21 日，远东各国共产党及民族革命团体第一次代表大会在克里姆林宫斯维尔德洛夫大厅隆重开幕。张国焘以中国代表团团长的身份向大会宣读祝词："远东结成强大的联合并行动起来之际，便是资本主义和帝国主义的丧钟敲响之时，也是远东人民真正的幸福和自由到来之日。"

此前，中国代表团接到广东机器工会发来的电文，抗议中国无政府主义者黄凌霜代表机器工会参加本次大会。会议开幕当天，许白昊和唐山工会代表邓培、湖南劳工会代表王光辉等 8 人联名致信大会资格审查委员会，抗议该委员会不顾代表们的反对，坚持给予黄凌霜表决权，这是中国共产党人第一次在国际场合伸张了自己严明政治纪律的原则立场。

开幕式上，张国焘作为中国代表团主报告人介绍了中国形势问题，包括中国无产阶级和农民处境，以及土地关系、学生运动和罢工运动等方面的总体情况，并由邓培、于树德、张秋白、黄碧魂分别作了具体介绍。这也是中国共产党人在国际上第一次发出自己的声音。

此次大会最后通过的决议指出："远东各被压迫民族获得自由和独立的有效途径，是远东各国劳动群众与先进国家的无产阶级结成联盟。只能和他们结成联盟去反对一切帝国主义者。"决议表示被压迫民族同世界无产阶级一起战胜帝国主义者，才可能保证自己的自由发展。

大会最后还通过共同宣言。宣言首先痛斥了帝国主义侵略中国的暴行，揭露了华盛顿会议侵略中国的阴谋，表示："我们要对剥削中国的中国封建军阀宣战，我们要对日本武人和官僚宣战，我们要向诡诈式的美国帝国主义和贪婪的英国投机家宣战，我们不得胜利，誓不休止!”并号召“在共产国际的旗帜下结成远东劳动者的牢不可破的同盟”，“全世界无产者和被压迫民族联合起来”，要求把这个号召“传遍贫穷痛苦的农村，传遍遭受奴役的庄园，传遍工厂、学校和兵营”。对于许白昊来说，这宣言充满了力量。

列宁抱病接见了中国代表张国焘、张秋白、邓培和朝鲜代表金奎植，会见后张国焘立即将会面情况告知了代表团一行人。他们对会晤时那种友爱亲切的气氛称道不已。谈到列宁时，张国焘等人都觉得他朴实无华，毫无做作，完全是个普通人，很像中国乡村中的教书先生，绝对看不出是手握大权的革命最高领袖。许白昊等人听了，都觉得极为亲切。

远东民族代表大会之行，革命的理论和火热的生活，把许白昊引向一个广阔的新世界，坚定了他对于中国革命的热忱和对共产主义的信仰。回国以后，经张国焘介绍，于三四月间，许白昊加入中国共产党。许白昊开始大胆地发出自己的声音，1922 年 4 月 9 日在《民国日报》副刊《觉悟》发表《劳动团结易，劳动组织难》，文章称：

> 一个劳动团体，如若彼底阶级觉悟真能澈底，又能明了彼所处的地位，认清彼所有的目标；彼必定要感觉到彼独自的能力太过薄弱，急希望同阶级同地位同目标的劳动团体团结起来了……
>
> 若是空的超过于实的；那么，就是团结起来又与未团结有什么分别呢？至少要有实际的超过于空名目的；这个团结

才不致于落空。我们试就实际上看一看：远的不讲，即就国内工业最发达的上海来说，上海这么多的产业机关，在一个完全产业之下的劳动组织有几个？即退一步说，满一千人的职工组合，组合体能完全表现工人底意志的有几个？我想亲爱的同志们一想到这两点上，恐怕都要洒一掬伤心之泪呢？

我们所贵乎大团结的，是因孤单的小组织力量不大，集各个小组织的力以增大其量的；如果没有各个小组织的力，这个大的量又从哪里增得起来呢？

亲爱的同志们不要误会我是反对大团结的——我只是要根本的注意到团结须有实力罢了。大团结有如何的实力，那就全靠每个劳动组织的如何有实力了。

许白昊对如何组织劳工团体进行了调查研究，他撰写这篇文章是希望指导当时的工人运动。许白昊认为，只有从基层做起，从实际做起，这些事做得有成绩，才可以达成“中国劳动者大团结”“世界劳动者大团结”的效果。

4月13日，许白昊又在《民国日报》副刊《觉悟》上发表《工读主义者该认清的教训》，谈了自己的见解，希望警惕变了味的“工读主义”。10天后，许白昊南下广州，参加第一次全国劳动大会。4月23日上海《民国日报》发消息称：“前昨两日到沪之全国劳动大会代表，有汉口人力车夫工会彭大汉、徐家棚，粤汉铁路工人俱乐部吴海棠，长辛店铁路工人俱乐部邓中夏，唐山机器工会李树彝，中国劳动俱乐书记部许白昊、梁鹏万，均昨晚乘新宁轮船赴粤……中国劳动组合书记部李启汉、湖南劳工会仝薰、中国劳动组合书记部湖南分部王梁等，闻明日均可起行。”并称“此次全国劳动大会，实开吾国之新纪元，想诸代表有以慰各劳动者也”。

在此之前，香港海员发动大罢工，最多时有10余万人参加，慌张中的英国军警于3月4日制造“沙田惨案”，打死6名工人，打伤数百人，激起全国愤怒，中国劳动组合书记部及全国工人给香港工人以各种援助，支持香港工人与帝国主义斗争到底，罢工最终取得初步胜利。而这股罢工浪潮还涌到上海，涌到全国，中国工人运动掀起了第一次高潮。

4月10日，中国劳动组合书记部在上海发出通告，决定5月1日在广州举行第一次全国劳动大会，以“唤起各地劳动者的觉悟，速谋组织团体，而保全劳动者安稳的地位”，作为献给当年工人运动的一曲赞歌！

此时，中共中央局党、团负责人以及各地负责干部齐集广州。4月底，中央局召集了一次干部会议，陈独秀、蔡和森、张太雷、张国焘、谭平山、林伯渠、许白昊等20多人出席，会上着重讨论并确定了党对全国劳动大会和社会主义青年团代表大会的指导方针。许白昊出席此次会议，某种程度上表明他在党内有了一定地位。

5月1日，广州第一公园，5万多名工人参与庆祝劳动节大会，举行大游行，少共国际代表达林回忆称：游行队伍沿着广州最宽阔的滨河大街行进，几百面旗帜迎风飘扬。游行者拿着人工制作的狮子头，让它伴着炮鸣、鼓乐和人们的哈哈大笑，张嘴闭嘴、睁眼合眼，奇形怪状的长龙在街上蜿蜒移动。

下午，第一次全国劳动大会在珠江南岸广东机器工会礼堂隆重开幕，代表有共产党员，也有国民党员、无政府主义者及无党派人士。许白昊被推选为大会审查委员会委员，审核决议案，并提交大会讨论。他提出的“铲除工界虎伥案”决议案最终也获得通过，所谓“工界虎伥”就是后来人们熟悉的“工贼”。

第一次全国劳动大会接受了中国共产党提出的“打倒帝国主义”“打倒封建军阀”的政治口号，把反帝反封建作为工人运动的基本目标；大会决定在全国总工会成立以前，中国劳动组合书记部为全国工人组织的总通讯机关，这实际上确立了中国共产党对全国工人运动的领导地位。

5 月 5 日，恰逢马克思诞辰 104 周年纪念日，中国社会主义青年团一大于广州东园召开，此地是广州民众活动的活跃场所，孙中山曾 8 次在这里宣传革命。一处简陋的竹棚下，坐着蔡和森、邓中夏、张太雷、许白昊、施存统（方国昌）、俞秀松、易礼容、谭平山、谭植棠等 25 名正式代表。此外，中共中央局书记陈独秀、少共国际代表达林等 1500 余人出席。大会主席张太雷致辞时斩钉截铁表示：“社会主义青年团为世界无产阶级革命之敢死队。”陈独秀、邓中夏等 16 人也发表了“鼓吹社会革命”的演讲，炽热的阳光洒下来，许白昊只觉得这一切慷慨激昂，使人奋发。

此前，少共国际代表达林及张太雷、蔡和森完成了青年团组织的第一份团纲和团章草案，达林后来回忆称：“在这些文件中我们宣告了外国帝国主义在中国的死刑。”团组织由此在思想上、组织上实现了全面统一，许白昊也看到了中国革命所要推翻的一个目标。

这两次会议的接待处均设在广州高第街素波巷内，这里有广东党组织的两个活动地点。一个是广州宣传员养成所，陈独秀就任广东教育委员会委员长后，公开表明广州宣传员养成所的宗旨是宣传和普及马克思主义，造就将来开展群众工作的干部。广东团组织机关刊物《青年周刊》通讯处也设在素波巷内，素波巷也由此成为广东共产党主要的活动地点。

会后不久，张国焘、李启汉等人返回上海。6月，上海公共租界工部局以“煽动劳动罢工”的罪名逮捕了李启汉。第二天，陈独秀在素波巷遇见许白昊，告诉他：“李启汉在上海被捕了，《劳动周刊》被勒令停刊，中国劳动组合书记部机关也不安全，很快将迁往北京，上海的工作转入秘密活动，为此书记部决定派你回武汉工作，去发动轰轰烈烈的工人运动来回击帝国主义！”

许白昊一听，义愤填膺说道：“李启汉是我的引路人，他是一个大公无私的革命者，他被捕完全是帝国主义犯下的一个罪恶！我们的国家饱受列强欺侮凌辱，我们的同胞被他们任意残杀，我们的同志随他们肆意逮捕，不推翻帝国主义，国家永无安宁的一天，人民永无幸福的生活好过！”

陈独秀神情严肃道：“武汉租界林立，帝国主义的力量也很大。不过，湖北党的同志，像董必武、陈潭秋、刘伯垂等人，都是和你一样在上海接受马克思主义洗礼的，相信你们一定能相处得愉快，把湖北的工人运动更好地开展起来！”许白昊欣然受命，顶着炎炎夏日，怀着素雪般的心情，立即启程回武汉。

4. 木棉红云

又是一年木棉花开时节，广州城里时见灿若云霞的景象。

伴随着木棉清香浮动，孙中山于1923年2月返粤重建了革命政权。在他二次护法运动失败时，中国共产党和苏俄向他伸出了援助之手，孙中山决定联俄联共，改组国民党，使之成为国共合作的统一战线组织。一时间，广州的革命气息如春风扑面而来，一改从前风雨飘摇的样子，很多人看到了建立一个卓立不拔的国家的希望。

上一年6月，陈炯明发动叛乱，其部属占领广州，肆意镇压杀害反对者，杨匏安的朋友、原《广东中华新报》社长容伯挺惨遭枪杀。广东党团组织的很多工作，包括宣传员养成所、国语注音字母训练班、《青年周刊》都被迫停止活动，工人运动进入秘密状态。由于陈公博等人仍与陈炯明保持联系，张国焘、张太雷南下广州传达党中央的精神，广东区委的工作由冯菊坡主持，杨匏安任中共广九铁路支部书记，到工人中秘密开展党团的活动。西湖会议后，团中央委员张太雷返回广州，他来到杨家祠，委托杨匏安履行广东团委书记职责，开展青年团工作。当时，广东青年团组织被冲散，许多团员失去联系，而且经费也没有着落。杨匏安临危受命，把青年团的通信地址由素波巷转到杨家祠，基本恢复了广东青年团组织，将打散的工人团员队伍重新组织起来，并新发展了一些团员。此后，杨匏安由杨殷介绍到粤汉铁路局广州分局担任编辑主任。他利用身份吸收了一批可靠的铁路工人加入党团。1922年底，杨匏安在黄沙开设“北江商运局”，承运客货，利用滇军押运，以掩护党在粤汉铁路工人中的活动，并积极为党筹措经费。

孙中山重建广东革命基地，广东形势日见好转，共产国际代表马林建议，中共中央局由上海迁到广州。于是，1923 年 4 月陈独秀重返广州，并立即指定阮啸仙主持广东青年团工作，杨匏安和杨章甫协助。一个月后新的广东团委成立，杨匏安当选候补委员。

随着陈独秀的到来，中共三大的筹备工作热火朝天地展开。当时广东区委对外的代号为“管东渠”，担负三大事务性的准备工作和生活安排。这天早上，谭平山、冯菊坡、阮啸仙等来到杨家祠，在北边草坪上，商量三大筹备具体事宜。大会代表来自五湖四海，很多人从未来过广州，因此接待、住宿都必须仔细安排。谭平山提议由杨匏安负责带几个人寻找开会地址，杨匏安提出了杨殷、潘兆銮、梁桂华等人选。广东区委研究后，决定由杨章甫、杨匏安主要负责，杨殷、潘兆銮、梁桂华等人协助。他们在杨家祠开了几次碰头会，杨殷了解到广东区委的经费非常缺乏，还卖掉自家房产，将资金交给区委作为大会经费。

很快，杨匏安等人在广州东山物色到恤孤院路后街 31 号一栋两层楼房，以私人名义把房子租下来，一楼作为三大会场，二楼房间供部分代表住宿。这处房子四壁如洗，床铺、桌子都是由杨匏安等人借来的，由于广州蚊子多，木板床特别挂上了黄麻布蚊帐。这次代表参加人数较多，这处房子住不下，与此同时也为了避免引人注意，他们又在会场附近租了一些房子，供其余代表住宿。

1923 年 6 月，中共三大召开，决定共产党员以个人名义加入国民党，仍旧保存并努力扩大共产党的组织。毛泽东在会上发言时提出苍茫中国大地上，漫山遍野都是农民，任何革命、农民问题都是最重要的，要把农民发动起来。中共三大通过的党纲草案写道："农民当中国人口百分之七十以上，占非常重要地位，国民革命不得农民参与，也很难成功。"这为后来中国革命道路发出最强音。中共三大选出陈独秀、毛泽东、罗章龙、蔡和森、谭平山五人组成中央局，毛泽东作为秘书协助委员长陈独秀处理中央局日常工作。

中共三大宣言指出："我们的使命，是以国民革命来解放被压迫的中国民族……"这是中国共产党人救亡图存的使命担当。三大后，杨匏安和杨殷向组织提出，继续到石井兵工厂和广九铁路等产业工人比较集中的地方开展工作，发展党团组织，以壮大国民革命的骨干力量。

杨殷与杨匏安同为香山人，比杨匏安大 4 岁，他曾参与广州黄龙岗起义工作，负责秘密交通和联络。孙中山广州军政府成立后，杨殷担任大元帅府参军处参谋兼卫队副官。在杨匏安、杨章甫等人引导下，杨殷转向社会主义，于 1922 年秋由杨章甫介绍加入中国共产党，并在年底被派往苏联参观学习。杨殷回国后，在石井兵工厂开展工人运动，对这一带极为熟悉。

石井兵工厂是岭南最早的官兵工厂，也是近代以来华南地区规模最大、设备最齐全的兵工厂。杨殷早先在兵工厂与车间工人打成一片，很快取得了工人们的尊敬和信任。

"你先前在石井兵工厂已经吸引了一批先进分子，接下来我们要不断壮大工人的革命力量，这就需要一个领导组织，将他们团结起来。"杨匏安对杨殷领导工人运动的能力非常钦佩，跟他商议。

杨殷对秘密工作颇有心得，他说道："我们不妨组建秘密的

‘十人团’，一串十，十串百，将工人们充分发动起来!”

杨匏安、杨殷、杨章甫、罗绮园等人成为“十人团”首批成员。经过“十人团”的工作，石井兵工厂很快成立了工人俱乐部，一大批工人骨干团结起来。杨匏安和杨殷了解到厂长马超俊大权独揽，不仅贪污，还克扣工人工资，残酷剥削工人，导致很多工人家里都揭不开锅了。杨匏安和杨殷通过深入调查，逐渐掌握了马超俊贪污渎职、倒卖军火的证据，决定发起一个“倒马运动”。他们制作了揭露马超俊贪污渎职的传单，散发到兵工厂各个角落，等到工人们心中的怒火燃烧起来后，他们发动工人进行“挂锅罢工”，在厂内各处挂满沙煲，上书“出粮无期，沙煲挂起”，宣布罢工。这一新颖的斗争形式，立即惊动了社会各界。孙中山和廖仲恺特别会见了杨匏安和杨殷带领的工人代表，了解实情，倾听工人心声，最后孙中山下令撤销了马超俊职务。罢工斗争的胜利极大地鼓舞了兵工厂工人，杨匏安、杨殷趁机成立工会组织，开办工人补习学校，出版《兵工厂周刊》，秘密成立党团支部，石井兵工厂红色的革命力量正茁壮成长。

不久，杨匏安、杨殷来到粤汉、广三铁路工作，借助兵工厂经验，秘密组建起数个铁路工人“十人团”，培养了大批铁路工人骨干。同时，杨匏安利用粤汉铁路广州分局编辑室主任的合法身份，编辑出版《铁路公报》等刊物，通俗地宣讲马克思主义，启发工人的政治觉悟，选择他们中的先进分子发展成为党团员。后来，杨匏安以粤汉铁路工人骨干为基础，在黄沙建立了社会主义青年团广州地方第十五支部，兼任支部书记。

1923 年 9 月，孙中山开始收回粤海关“关余”的斗争，以解决广州政府财政危机、收回国家主权。此时，广州政府本应得到的关余积存已达 400 万两白银，在财政上捉襟见肘的广州政府向各国公使团提出照会，英美等国置之不理。后来孙中山再次要求收回关余，否则即改广州为自由商埠，以资抵制，结果英、日、法、美等帝国主义军舰开到广州黄埔进行恫吓。

这种侵犯中国主权的行径，遭到共产党人的强烈谴责。已迁往上海的中共中央局号召全国人民支持孙中山收回关余的斗争，中共广东区委决定通过广东青年团开展联络，成立外交后援会，组织各界民众起来斗争。广东团区委发动了万人抗议示威大游行，并发表《国民外交后援会对内外宣言》。孙中山也对帝国主义列强作出警告："中国人民有着深沉绵长的记忆，你们不可能一下子洗刷自己的恶言秽行！"

关余斗争取得了暂时的胜利，不过，杨匏安也看到了这次斗争的无奈之处。毕竟，关余虽收回，但中国人民并未能实现关税自主。

伴随着堪称漫长的关余斗争展开的，是国民党改组事宜。廖仲恺和谭平山亲自参与广州市国民党改组试点工作，他们把广州分成12个区，由广东中共党团区委抽调36名党团骨干分赴各区，帮助国民党改组试点。杨匏安与潘兆銮被派往第十区，由杨匏安担任党部执行委员兼代理主席，潘兆銮为代理副主席。

1923年11月，中共中央局决定进一步促进国民党改组，强调在国民党内的共产党员，"一切政治的言论行动，须受本党之指挥"，"须努力站到国民党中心地位"，要求全体共产党员和青年团员与中央保持一致，又加强与国民党人的联系和接触，增进相互了解。杨匏安和潘兆銮整天忙于调查情况、开展宣传、召开党务会议、办理党员登记，国民党内一些老党员看到两位年轻有为的共产党员十分排斥，经常采取不合作态度。杨匏安和潘兆銮遵照中央精神，态度不卑不亢，既讲原则又讲策略，工作认真耐心，很快赢得了国民党一般党员群众的信任和支持。

1924年1月，中国国民党第一次全国代表大会在广州举行，李大钊、毛泽东等20余名中共党员参加，会议确定了孙中山联俄、联共、扶助农工的三大政策，国共两党第一次合作。

在国民党一大上，共产党人李大钊、谭平山、于树德当选中央执行委员会委员。林伯渠、毛泽东、瞿秋白、张国焘等人为候补委员。谭平山更是被推举为国民党中央常务委员，在随后组成的国民党中央党部也有众多共产党人，其中谭平山兼任组织部部长，杨匏安为秘书，主要开展国民党各级党部改组事宜。杨匏安负责物色人选分配到各省市开展工作，依靠当地共产党人和国民党左派的力量组建各地党部，这使得他在国共两党中都享有一定声望。

1924年6月，法国驻广州领事在沙面租界的酒店宴请越南总督梅林，被越南革命党人丢入炸弹。沙面英、法领事馆诬蔑是中国工人所为，擅自颁布《发给通行证条例》，规定中国工人须携带和出示贴有本人照片的通行证方可出入沙面，外国人则可以自由进入。消息一出，中国工人无比愤慨，纷纷起来反抗。国民党中央常委廖仲恺、谭平山等人商议后，决定坚决回击帝国主义的挑衅，在中共广东区委的支持下，广东工人代表组织数千名工人举行大罢工。英法等帝国主义受到重大损失，不得不作出让步。

趁此机会，杨匏安、冯菊坡与刘尔崧、杨殷协商，由刘尔崧、杨殷组建广东工团军。当时刘尔崧在国民党工人部任干事，又担任共产党领导的广东工会负责人，在广东工人中有一定影响。他们制定《工团军组织章程》，由杨匏安转呈广东省长廖仲恺获得批准，工团军成为共产党领导下的工人武装。

就在这时，黄埔军校建立了。它是近代中国最著名的军校，也是国共两党培养军事力量的摇篮，云集了一批想要改变国家命运的精英。黄埔军校大门有一副对联。上联：升官发财请往他处；下联：贪生怕死莫入此门；横批：革命者来。别开生面。中国共产党从黄埔军校第一期开始，就积极选送和推荐革命青年报考。中共中央曾专门发出62号通告，指示各地党组织积极选派党团员和进步青年报考黄埔军校。通告特别强调："此事关系甚大，各地万勿忽视。"通告要求报考的中共党员、青年团员带介绍信到"粤华路、省署东、杨家祠、杨匏安"转广东区委报到。杨家祠成为党团员前往黄埔军校的中转站，杨匏安对各地党团组织介绍来的投考者给予热情接待，帮助办好各种手续，再送到黄埔军校。

黄埔军校开学一个月后，根据彭湃建议，国民党中央又组织开办了农民运动讲习所，以"养成坚忍卓绝之农民运动战斗员"，彭湃为农讲所第一届主任，这样农讲所就由中国共产党人领导起来了。两年多的时间里，农讲所办了6届。第二届学员组成了农团军，由彭湃任团长，这也是共产党领导的一支武装。毛泽东出任最后一届农讲所所长，当时他担任国民党中央宣传部代理部长。毛泽东认为"中国之国民革命，质言之即为农民革命，为要巩固国民革命之基础，亦唯有首在解放农民"，对农民运动期待极深。

杨匏安也是较早认识到农民问题重要性的共产党员之一，根据广东区委的安排，他在国民党组织部开展工作时，选派彭湃、阮啸仙等一批共产党员为特派员，深入广东县市及粤汉、广九等铁路沿线的农村开展指导工作，打破了各地农民运动沉寂的状态，打开了农民运动的局面。

对于农讲所学员的选拔，毛泽东眼光独到，他要求有决心做农民运动，并无他项异想、富勇敢奋斗精神的学子。杨匏安对此深以为然，他在国民党中央组织部内精心安排，选送符合条件的革命分子入学，农讲所为国民革命培养了大批骨干力量。

国共第一次合作，革命运动如出膛子弹高速前进，革命洪流急需大批有才华的干部。在此背景下，1924 年 9 月间，周恩来自法国回到广州，首先与谭平山、杨匏安接上关系。26 岁的周恩来待人诚恳且思路敏捷，讲话精辟，给杨匏安留下深刻的印象。谭平山、杨匏安对周恩来表示了执忱的欢迎，并向他介绍了广东的革命形势。各地的革命青年正在纷纷涌向广州。街头上到处可见红色的革命标语。不时有游行群众高呼革命口号行进。这一切使周恩来耳目一新。同时，滇军杨希闵部和桂军刘震寰部盘踞广州市，横征暴敛，为非作歹，广东的政治风云清新中藏着阴霾。周恩来是实干家，很快了解掌握了广东的革命局势，回国一个月后担任了中共广东区委委员长兼宣传部部长。

不久，陈延年也回国来到了广州。周恩来带着他到杨家祠，与杨匏安见面。

陈延年穿着一件旧中山装，身体壮实，皮肤黝黑，看起来憨厚朴实，丝毫不像读书人，倒像个武夫，不过交流几句，就会发现他谈吐见识非凡。他与杨匏安颇为投契，几乎无话不谈。陈延年被认为是清教徒式的人物，吃得坏，穿得坏，一心只有革命。

由于周恩来才华横溢，受到孙中山看重，被聘为黄埔军校政治教官，后出任政治部主任。陈延年便继周恩来之后，接任广东区委书记。陈延年生活始终非常俭朴，有很长一段时间在区委机关打地铺。他还和黄包车夫一起拉车，人力车夫都称呼他为“老陈”，没人想到他是共产党广东区委领导人。杨匏安也是生活俭朴的人，他在国民党任职，有一份高薪，但大部分都捐作了党费，他胸有浩然气，下笔如有神，而陈延年则出口成章，两人颇有惺惺相惜之感，此后杨家祠成为陈延年经常开展活动的地方。

在革命生涯中，周恩来、陈延年、杨匏安不看重金钱，大公无私，一丝不苟，造就了他们的人格魅力，也使得他们结下了深厚的革命友谊。周恩来曾送给杨匏安一个铜制的墨盒，盒盖上刻着“匏安兄文玩　周恩来志”字样，可惜后来遗失了。

5. 惟楚有才

“一忝青云客，三登黄鹤楼”；“万舸此中来，连帆过扬州”。武汉曾给唐代诗人李白留下深刻印象，他在这里怅望孤帆，远影，碧空，滚滚东去的大江，怀念着心灵相契的旧友，为武汉增添了一抹浓重的色彩。到了明代时，张瀚在其《松窗梦语》中将武汉描述为：“大江以南，荆、楚当其上游……其地跨有江、汉，武昌为都会。郧、襄上通秦、梁、德、黄，下临吴、越，襟顾巴、蜀，屏捍云、贵。郴、桂，通五岭，入八闽。其民寡于积聚，多行贾四方。四方之贾，亦云集焉。”也极赞武汉盛况。

汉口 1861 年开埠，武汉城市形态随之转换。洋务派代表人物之一张之洞在汉阳兴办民用及军用工厂，汉阳铁厂成为亚洲最早、规模最大的钢铁工厂，洞开近代中国工业革命的大门。1908 年，汉阳铁厂、大冶铁矿和萍乡煤矿合并，成为汉冶萍公司，被誉为“东亚第一雄厂”。张之洞离鄂赴京时，武汉“驾乎津门、直追沪上”，与上海并驾齐驱。孙中山在《建国方略》中也提出把武汉建成“略如纽约、伦敦之大”的国际大都市的畅想。

1922 年夏天，许白昊回到武汉。悠悠汉水在这里汇入浩浩长江，将武汉分开成武昌、汉阳和汉口三颗明珠。许白昊曾在武昌求学，时隔数年归来，他已经不再是迷茫的青年学子，而是热血沸腾的革命者了。当时，英、德、俄、法、日等国租界林立，武汉沦为半殖民地化的城市，千千万万城乡手工业者破产失业，变成除劳动力以外一无所有的无产者，涌进钢铁、机械、纺织、铁路、码头等行业做工，武汉三镇的产业工人达 10 余万人。陈潭秋在《汉口苦力状况》一文中对汉口一万多名码头工人的劳动和生活状况描述称："饥冻相乘，死亡甚速。衣无冬夏，仅破麻袋一片，遮其下体。夏则赤胭蓬头，各以破袋一只复其首，若富翁之戴风帽然。破草席一截其身，奇形怪状，不一而足。"处于如此境地，他们亟需一场改天换地的革命启蒙。

中国劳动组合书记部当然不会忘记武汉这个工业重镇，于1921年10月成立书记部长江分部，机关便设在武昌黄土坡下街27号。这里也是中国共产党武汉区委机关，区委书记包惠僧兼任分部主任。为斗争需要，长江分部在这年夏天对人员进行了调整，由林育南接替包惠僧担任主任一职，并将长江分部更名为中国劳动组合书记部武汉分部。

许白昊找到黄土坡下街27号，同林育南接头。大半年前，许白昊与他一同出席过远东民族代表大会，现在他们又成为领导武汉工人运动的亲密战友。在林育南介绍下，许白昊见到了董必武、陈潭秋、包惠僧等湖北早期共产党员，还有项德隆（项英）、林育英等共产党人。

湖北党组织的创建离不开上海党组织的支持，早在1920年8月，李汉俊致信董必武，告知他上海已经成立中国共产党发起组织，希望董必武等人在武汉也发起一个共产党组织。他还回武汉与董必武商量筹组湖北党组织一事，董必武找到陈潭秋、张国恩等志同道合的朋友，积极开展筹建事宜。不久，陈独秀委派刘伯垂由上海带着一份抄写的中国共产党党纲草案去往武汉。这年9月，董必武、刘伯垂、陈潭秋、包惠僧等7人在武昌抚院街正式成立武汉共产党早期组织。许白昊见到创建武汉党组织的先驱，心里格外惊喜和激动。

这时候，中共武汉区委和书记部长江分部筹谋在产业工人集中的工厂、车站开展工运工作。许白昊被派到汉阳铁厂，铁厂一带是中国近代工业的发源地之一，也是武汉工人最密集的区域。许白昊把自己打扮成一个普通的机械工人，在龟山脚下、汉水岸边考察了几天，看到衣衫褴褛、面容疲倦的工人来去匆忙，他决定另想办法和工人们接触。

于是，许白昊找到汉阳兵工厂的黄格谦。前不久，他们在第一次全国劳动大会上相识。黄格谦告知许白昊，他有个从小相识的要好朋友向忠发在汉阳铁厂，此人重义气，在工人中很有威信，在汉阳的名声也大，黄格谦提出由他出面，约一个时间让许白昊和向忠发见面。几天后，他们在汉阳铁厂附近洗马长街的一家饭馆二楼见面，许白昊提了两瓶酒过来，他们选了靠窗的一张八仙桌坐下。向忠发另外带了一人。黄格谦为他们作了介绍，天南地北闲聊着。酒过三巡，许白昊开诚布公道："汉阳铁厂有几千工人，在武汉乃至全国举足轻重，为什么工人生活还会陷入困苦当中？你们对钢铁厂了如指掌，如何把工人组织起来，维护自己的利益，请两位大哥出出主意！"

原来第一次世界大战期间，汉阳铁厂的机器几乎日夜轰鸣。但"一战"结束后，钢铁市场低迷，汉阳铁厂 1 号、2 号高炉相继停工。1921 年，钢轨标准更改，汉阳铁厂近 5 万吨钢轨报废，铁厂工人收入锐减，生活陷入困苦。向忠发仔细听完许白昊讲话，诚恳地说道："许先生为工人着想，想为工人说话，我们工人自当尽力。只是铁厂工人几次遭到官府镇压，元气大伤。如今政府管理甚严，工人敢怒不敢言，心中装着一肚子苦水倒不出来，不知许先生有何高见？"

许白昊沉思片刻，说道："这里我有三个想法，请向大哥指教。我觉得第一个就是开展劳工教育，通过设立劳工学校，让他们增进知识，产生阶级觉悟，才能提高工人的利益和地位；第二个就是组建工人俱乐部，提高劳工的生活情趣，亦可把工人联合起来；第三个就是推行劳动组合，独木不成林，心齐泰山移，只有促进武汉工人大携手，才能实行武汉工人阶级彻底解放。”说着，他与向忠发碰了一杯道：“目前首要的还是办劳工学校，让工人识字。请你们两位想点儿办法，找一间能容纳百人左右的房子，把钢铁厂工人识字班办起来，我来做义务教学！”

向忠发一听，痛快地说道：“来来，干了这杯酒，从此一家人，找房子的事包在我身上，三天之内把房子搞定。”

一个星期后，工人夜校便在龟山脚下开课了，参加识字班学习的人越来越多，很快扩大到二三百人。人手不够用，许白昊忙不过来，便把林育南请来，开了一家分校。许白昊、林育南晚上办夜校，白天走巷串户，和工人交心谈心，了解工人的生活状况，工人们也乐意与他们交朋友。

为秘密联络工人骨干，发动工人运动，许白昊还挽着高高的裤腿，扮起了卖水工。白天，他从汉江挑水，走 80 多个台阶上岸，再走街串巷，穿梭于工人棚户区叫卖，借此深入工厂、学校及各劳工团体调查了解情况；晚上，他到工人识字班宣讲革命道理。他的战友项英曾回忆说：“白昊同志当此工作紧张之际，每天差不多只吃一次饭，真是‘枵腹从公’、废寝忘食。”

许白昊、林育南、项英、林育英等书记部成员日夜奔忙，四处出击，武汉地区的工人运动发展迅速，工会组织达到 23 个，当时新闻报道称之为“秋花之怒放，夏水之暴涨”。

在汉阳铁厂，许白昊挑选了 20 多个积极分子，成立两个学习小组，由向忠发另外租一间房子，提供给积极分子集会。许白昊、林育英向他们介绍俄国十月革命、苏联工人当家作主的生活，同时分析中国社会的现状，指明工人的苦难和出路。两个多月后，汉阳铁厂的工人被发动起来了，许白昊、林育英决定乘势而上，成立汉阳铁厂工人俱乐部。消息传出，工人们异常兴奋，奔走相告。这天早晨，汉阳铁厂俱乐部门前彩旗招展，锣鼓喧天。突然一队军警冲进来，包围了会场。军警诬称俱乐部成员为“匪徒”，对全厂进行戒严，并肆意砸毁俱乐部财物，按俱乐部名册逮捕首要分子，厂方趁机开除了俱乐部7名负责人及数十名积极分子。

面对这一形势，许白昊、林育南、向忠发坐一只摇摇晃晃的小筏子，连夜过江赶往汉口，商量善后事宜。在汉口江岸工人俱乐部，被铁厂开除的工人三三两两聚在一起，有人无精打采，有人牢骚满腹。许白昊、林育南劝慰大家只能鼓劲，不能泄气。当天晚上，许白昊、林育南、项英、林育英召开紧急会议，江岸工人俱乐部灯火通明，许白昊义愤填膺，说道：“军阀萧耀南对汉阳铁厂工人实施镇压行动，是对武汉刚刚兴起的工人运动的恫吓，必须进行坚决回击！”

7月22日，汉阳铁厂工人举行罢工。自建厂以来，汉阳铁厂发生过多起工潮，但都是局部、零散进行。此次罢工人员数量之众、组织之严密，史无前例。工人罢工开始后，全厂生产的核心——熔铁炉还在升火，原来熔铁炉工头韩老三被厂方收买，不服从罢工委员会的命令，欺骗工人，继续生火。罢工委员会紧急商量，有的主张把熔铁炉毁掉，有的主张就让它开着，毁掉的话大家就得失业了。林育英认为，对工贼不能太文，对工友不能太武，以免造成工人不团结。许白昊大表赞成，说道：“现在坏的只是韩老三，并不是熔铁炉全体工友，所以我们打倒韩老三就行了。”很快，铁厂里里外外贴满了“打倒工贼韩老三”的标语，吓得韩老三不敢进厂，熔铁炉终于熄火了。由于害怕熔铁炉熄火后报废，厂方不得不接受工人提出的条件，罢工取得胜利。许白昊在斗争中所表现出的才干，“颇得全体工人的信仰”，他成为汉阳铁厂工会委员长，向忠发为副委员长，会员很快发展到2000余人。

这时，长江下游，上海，中共二大在南成都路辅德里李达寓所胜利闭幕。据《中国共产党历史》第一卷记载，二大代表为：中央局委员陈独秀、张国焘、李达，上海代表杨明斋，北京代表罗章龙，湖北代表许白昊，湖南代表蔡和森，山东代表王尽美，广东代表谭平山，中国劳动组合书记部代表李震瀛，中国社会主义青年团临时中央局代表施存统。关于许白昊参加中共二大的最早记载则来自中共六大，1928年6月至7月间，出席六大的代表回顾了一大至五大的情况，整理出中共一大至五大的代表名单，其中记载二大代表为：“陈独秀、张国焘、李达、杨明斋、罗章龙、王尽美、许白昊、毛泽东、蔡和森、谭平山、李震瀛、施存统，共12人。”迄今为止，这是时间上最接近于中共二大有关代表情况的原始文献资料，许白昊由此被认定是中共二大代表。

中共二大制定了党的最高纲领和最低纲领，为中国共产党领导各民族人民进行革命斗争指明了方向。在武汉，湖北工人在共产党领导下开始实现大联合、大团结。1922年10月，中共武汉区委和书记部长江分部，举行纪念辛亥革命11周年大会，并宣告湖北全省工团联合会成立，杨德甫当选主席兼总务主任委员，林育南为秘书主任委员，项英为组织主任委员，许白昊为组织副主任委员。湖北全省工团联合会的成立，标志着湖北工人阶级在党的领导下，成为湖北革命运动的核心和中坚力量。

汉阳铁厂的工人运动，在汉冶萍公司激荡起一阵阵涟漪，安源路矿工人也纷纷要求罢工，维护自己的正当权益。由于路矿当局常常拖欠工资，安源路矿13000多名工人生活极苦，渴望改变当下现状。1921年秋冬时节，毛泽东两次到安源调查，宣传革命道理。1922年9月，安源路矿工人怒火勃发之际，毛泽东又一次来到安源，果断作出罢工决定，并提出“哀而动人”的策略，将之上升到一种斗争高度。刘少奇、李立三等人为此提出“从前是牛马，现在要做人”的口号，领导安源路矿工人罢工，取得了完全胜利。

消息传来，许白昊与毛泽东、刘少奇、李立三联系，祝贺罢工的胜利，毛泽东、刘少奇提到汉冶萍下属厂矿工团联合问题，以实现工人运动的更大发展，许白昊表示工团联合的筹备会可以到汉阳铁厂来开。1922年11月，在汉阳铁厂召开了汉冶萍总工会筹备会，许白昊、刘少奇为汉冶萍总工会起草了章程草案。12月，来自安源路矿工人俱乐部、汉阳铁厂工会、大冶钢铁厂工会、大冶铁矿工人俱乐部、汉冶萍轮驳工会等工团代表数千人，在汉阳铁厂三码头召开大会，宣告汉冶萍总工会成立，其为当时全国最大的产业工人总工会，会址设在汉阳铁厂，担负3项使命：“求政治法律之保障，求经济的改善，求人格和地位的提高。”许白昊被选为秘书长，负责日常一切事务，这个工会日后以组织严密、工人斗争力强而著称。

这一年底，许白昊学习中国劳动组合书记部的办法，与林育南、项英等一起筹办《劳动周报》，于1922年12月出版。《劳动周报》一方面报道世界各国、全国各地工人运动的消息，介绍工人斗争的经验；另一方面用通俗易懂的语言，向工人宣传组织工会、团结斗争求解放的革命道理，用以提高工人阶级觉悟，鼓舞工人斗志，很快成为湖北工界喉舌。

这一年，23 岁的许白昊在革命工作中结识了汉口烟厂女工、后来的妻子秦怡君。秦怡君是湖北黄陂人，出身贫寒，从小被送给他人抚养，这与被过继给伯父的许白昊有着相似遭遇，两人很投契。秦怡君生来倔强，为逃避养父母安排的婚事，离家出走到汉口打拼，先后在棉花厂、食品厂和烟厂当女工。许白昊、施洋和项英来烟厂给工人们作演讲时，秦怡君听得热血沸腾，跳上台痛陈身世，赢得听众热烈掌声。因为表现活跃，她被厂里开除了，许白昊同情她，送她去长沙清水潭毛泽东夫妇处，一面在毛泽东创办的文化书社做缝纫女工，一面到毛泽东创建的湖南自修大学学习，后由许白昊介绍入党。1924 年春，秦怡君与史静仪、陈碧兰 3 个湖北姑娘被党派往莫斯科，成为第一批从国内去东方大学留学的中国女学生。回国后，秦怡君与许白昊在湖北秘密开展工作。

在长沙清水潭，许白昊与毛泽东进行了一次极投契的交谈。多年以后，毛泽东在接受斯诺采访时回忆说："当年十月，共产党的第一个省委在湖南组织起来了。我是委员之一。接着其他省市也建立了党组织。在上海的党中央机构工作过的有：陈独秀、张国焘、陈公博、施存统、沈玄庐、李汉俊（一九二七年在武汉被杀）、李达和李启汉。在湖北的党员有董必武（现任保安党校校长）、许白昊、施洋。"这一席话，无疑表明许白昊在毛泽东心中留有印象。

那天，毛泽东先问了武汉工人运动特别是汉阳铁厂罢工的相关情况，又向许白昊介绍了长沙的工人斗争，最后他对许白昊道："我们都是楚人。我去武汉，登黄鹤楼，看大江东去，大受震撼！你来长沙，也可以去橘子洲头走一走，到岳麓山上去看看！我在湖南一师求学时与蔡和森等同学常去岳麓山，身在山中，心忧天下，我们有志于救国之路也可以说是从岳麓山开始的。”

许白昊闻言，神色一肃，说道：“惟楚有才，于斯为盛。我对岳麓山闻名已久，一定要去看看，感受一番朱张意气！”

关于朱张意气，最重要的是朱老夫子“实事求是”四字，这将是共产党人借以经世致用的根本所在。为了寻求救国救民的真理而奔波，共产党人少不得要吃些苦头，走一段曲折的长路。

第二章

浦江怒潮、烽火铁骨

1. 鹃血誓愿

京汉铁路，1906年4月1日通车，是中国南北交通的干线。北洋政府一贯视它为政治、军事和经济的命脉。很快它成为一条革命之路。这条革命之路的导火索始燃于长辛店，毛泽东曾两次到长辛店播下革命火种，李大钊、邓中夏等曾在此创办劳动补习学校，宣传革命真理，1956年毛泽东对此评价称：中国工人运动从长辛店铁路工厂开始！

星火燎原般的工人运动，在京汉铁路沿线南北呼应，全路16地纷纷成立工人俱乐部。中共中央局很早就发现了铁路工人的革命激情，1921年11月发出通告，明确提出“全力组织全国铁道工会”，作为铁路工人运动总机关！按照中国劳动组合书记部计划，京汉铁路总工会为优先成立目标，为此先后举办三次筹备会议，许白昊参加了后面两次。

这期间，邓中夏曾领导长辛店3000多名工人举行罢工，并取得胜利。激动的工人在复工后第一列火车头上挂了一面大旗，上面写着罢工胜利的口号，这面大旗一直飘扬到汉口，飘扬到汉口工人们心中。在这面大旗的鼓舞下，1923年1月，林育南、许白昊领导汉口英国烟厂、英国花厂的工人进行罢工，把改善自身经济待遇的经济斗争同反对帝国主义的政治斗争结合起来，使它具有显著的反帝色彩，为京汉铁路工人大罢工作了预演！

1月30日，许白昊、林育南、项英等率领粤汉铁路总工会、汉冶萍工会、汉阳铁厂工会及粤汉铁路徐家棚分工会等30余个工团及各报刊记者、学生联合会等单位的代表共160余人，加上军乐队，斗志昂扬地从江岸乘车向郑州进发，于 31 日下午到达郑州。

此时，郑州车站搭起了松柏彩门，欢迎参加京汉铁路总工会成立大会的代表和来宾光临。郑州五洲大旅馆、大金台、万年春、福昌旅馆和第一宾馆被租赁下来，作为与会代表和来宾的下榻场所，并包定伙食。郑州最大戏园——普乐戏园，作为会场，装饰一新。

2 月 1 日清晨，郑州全城突然紧急戒严。原来，筹备会将京汉铁路总工会成立事宜报告路局后，路局局长赵继贤玩弄两面手法，一面表示同意，一面暗地里密电吴佩孚。吴佩孚即令郑州警察局局长黄殿辰告知筹委会“禁止开会”。经筹委会派代表前往洛阳与吴佩孚论理，仍无结果。赴洛阳代表 31 日当晚赶回郑州，召开全路代表紧急会议，最后一致决定：一不换地点，二不改日期，三不变程序，京汉铁路总工会成立大会按原定计划举行。

与会代表和来宾由军乐队作前导，手持红旗、身佩徽章、浩浩荡荡，直向会场花地岗玉庆里普乐戏园前进。行至会场附近，军警阻断了去路。项英对此回忆称：“路上布满军警，特别是到会场一条大马路有千余武装军队，梯子形横列在马路上约半里之长。”许白昊等全体代表毫不畏惧，冲破军警防线，一拥而入。大会主席史文彬在一片混乱中高声宣布：“京汉铁路总工会今天正式成立！”顿时，会场欢声雷动，大家振臂高呼：“京汉铁路总工会万岁！”“劳动阶级胜利万岁！”

黄殿辰领着警察赶到会场大叫：“奉巡帅令，不准开会，不准演讲，不准鸣炮，限 5 分钟内自行解散。如有人反抗，一律军法从事！”随后，总工会和郑州分会会所被捣毁，工会匾额被摘去，室内什物都被抢劫一空。

当日下午，代表和来宾们回到所住旅馆，受到严密监视，连原来在万年春饭馆订的饭菜也不准去吃。军警勒令代表和来宾们离开郑州，否则将实行驱逐。晚上，在花地岗一个铁路工人家里，中共京汉铁路党团举行秘密会议，通过罢工决议，同时决定总工会移到江岸办公。湖北代表举行紧急会议，向各分会传达京汉铁路总工会党团会议精神，强调全路一起行动，“在罢工期间，全视总工会命令而定，为争自由作战，争人权作战，只有前进，决不后退”。

第二天，总工会领导人及武汉方面代表乘车南下。3日，中共武汉区委、书记部武汉分部和湖北全省工团联合会成员陈潭秋、包惠僧、林育南、许白昊、项英、施洋、杨德甫、陈天、林祥谦等组成罢工指挥中心，统一指挥江岸和武汉总罢工。此时，恰逢中共北方区委领导人李大钊到武汉讲学，他和陈潭秋、包惠僧、林育南、许白昊等人一起研究准备情况，商讨罢工形势，制定罢工的策略，时常通宵达旦。

2月4日，京汉铁路总工会发表《罢工宣言》，郑重宣布：“为保障我们的人格，为争回我们的自由……从本月四日正午起，京汉路全体一律罢工。”震惊中外的京汉铁路大罢工开始了。自上午9时至12时，京汉铁路20000多名工人关闸刹车、停电放水、中断通讯、熄炉灭火、拆卸机器，高喊：“不自由，毋宁死！不实现罢工条件，决不上工！”全路客、货车一律停驶，长达1200余公里的京汉铁路瘫痪下来，全路像条死蛇一样，一动也不动了。

2月5日，湖北督军萧耀南派军警强迫武汉工人复工，遭到严词拒绝。他们抓走两名司机，强迫他们开车。项英闻讯后带领200余名纠察队员将司机抢回，不料军警又抓走3名纠察队员，项英带人与军警交涉时被抓住。危急时刻许白昊带领2000余名工人和纠察队员赶到，他们齐声高喊："再不放人，就冲军营!"军警只得将项英等人释放。

这一天，许白昊代表湖北全省工团联合会发表紧急宣言，声援京汉铁路总工会的罢工，他表示："我等代表湖北各工团，誓以全力为诸君后援，即赴汤蹈火，拼一死命，亦所不惜!"

2月6日上午，湖北全省工团联合会发动近万名工人，前往江岸刘家庙举行慰问大会。林育南、许白昊、项英、施洋等人发表了演说，许白昊声震全场："以直接行动，向军阀进攻，为唯一之手段。"并称："若不能于最短时间内获得胜利，则当一致同盟罢工加入战线，向军阀决斗!"

京汉铁路总工会秘书长李振瀛最后发表讲话，他慷慨激昂说道："为争自由争人权，麻木不仁的社会早就需要我们的赤血来渲染了。工友们! 这反军阀的火线上应该我们去作先锋! 前进呵，勿退却!"很多人听了，热泪盈眶!

会后举行了声势浩大的示威游行，陈潭秋、林育南、项英、林祥谦、许白昊、施洋带领队伍由江岸经过租界以抵华界，沿途3000多人加入，所过之处商民高呼欢迎，巡捕岗警无人敢阻拦，如此闯进租界游行示威，大振人心。

2月7日，吴佩孚在帝国主义指使下，向工人举起了屠刀。由于京汉铁路总工会设在江岸，这里成为军阀屠杀的重点，也是大屠杀最早开始的地方。下午4时过后，英、日帝国主义军舰靠岸，舰上荷枪实弹的士兵登陆，各国租界同时鸣笛戒严，加强恐怖状态。随后武昌又开过来5艘驳船，满载全副武装的士兵，也到江岸登陆。下午5时，全副武装的军队包围江岸工人俱乐部会场，并开枪屠杀，一时弹如雨下，鲜血满地。江岸分会纠察队副队长曾玉良等32人饮弹就义，江岸分会委员长林祥谦被捕后宁死不屈，壮烈牺牲，时年31岁。

当晚，残暴的军阀军队趁机在工人家中任意抢劫财物，奸淫工人妻女。江岸福建街铁路工人住宅区，一夜之间竟被洗劫三次，工人妇幼哭声震天。

次日早上，敌人又逮捕了施洋。吴佩孚曾称："不杀施洋，工潮不能平静。"2月15日，施洋被押至武昌洪山脚下。行刑前，"执法官"问施洋："要不要写家信？有没有遗嘱？"施洋慷慨激昂地回答："我有什么信可写，我只希望中国的劳动者，早点起来，把军阀、官僚资本家和你们这班替他们做走狗的人，一起都食肉寝皮。"还说："我不怕事，不怕死，堂堂做人，反对强暴，你们杀了一个施洋，还有千万个施洋。"枪声响了，施洋牺牲，时年34岁。许白昊万分悲痛，与林育南一起组织几名可靠的工人骨干，趁着黑夜将施洋遗体收殓，停放在城外江神庙中。

这时候，许白昊等17名共产党、工会领导人，被萧耀南悬赏通缉，通缉布告贴在大街小巷的墙壁上。在血淋淋的屠杀面前，许白昊力主举行总同盟罢工，要求全省各工友"团结一致，奋斗到底"，抗议军阀的血腥镇压。萧耀南密令各路军警、租界巡捕、侦探、雇佣军等封堵工厂，封闭工会，监控工人，强制复工，有违抗者格杀勿论。此时，大街小巷军警密布，租界添岗加哨，架设机枪大炮，严查来往行人，搜寻工会干部。此后天天有工人、学生、教员、新闻记者被捕。

2月9日，为保存革命元气，避免更大牺牲，湖北全省工团联合会与京汉铁路总工会联名下《复工令》，劝工人们忍痛上工。这篇泣血之作指出："本联合会深知日昨各业工友因敌袭击，痛苦流泪者不知凡几！切齿痛恨者不知凡几！愤不欲生者不知凡儿！但本联合会极希望我亲爱工友镇静忍痛，不因此灰心，不因此出厂。须知吾本人此时唯有忍痛在厂工作，才有报仇之日，才有打倒敌人之日。杀吾工界领袖林祥谦之仇必报！言论出版集会结社罢工之自由誓死必争！军阀官僚中外资本家誓死必打倒！唯知其此，所以我们要忍痛入厂工作，才有以后的种种办法。”满腔愤怒溢于言表。

京汉铁路工人大罢工失败了，白色恐怖笼罩着武汉大地，一些投机钻营者先后变节投敌，面对这一极其艰困的局面，许白昊曾在一篇通信中描述道：“自‘二七’屠杀后，湖北各工会一律封禁，工会绝对不能公开，外部受军阀帝国主义的严重压迫，内部受工贼的随时告密陷害，工人为减少切身的痛苦和生活改善的经济要求，无一不遭受军警的干涉与逮捕。”

中共武汉区委召开全省工团联合会议，布置安排惨案善后工作，党组织和工人运动一大批骨干分散到上海、天津、安源等地。许白昊作为武汉区委秘书、工运主要负责人，主动选择绝地坚守，在凄风苦雨中度过1923年农历新年。为保安全，许白昊和秦怡君数次更换住处，后来到汉口法租界与李立三、李一纯夫妇一起住在地委机关，这是一间挂着“湖南布庄”的房子，本是党内一位同志的寓所，此时作为汉口地委机关所在地。当时，中共中央急调李立三到武汉，任武汉区委委员长。许白昊任区委秘书，继续负责组织联络汉阳地区工人。

“二七大罢工”失败了，当务之急是善后处理，武汉区委在“湖南布庄”秘密建立京汉铁路总工会联络处，在汉口华清街、胜利街、六合路等处设联络站，一面持续组织开展募捐，一面办理京汉路死伤、失业工人及家属善后救济工作，具体工作由许白昊、项英等人出面处理。

一天，传言警方已发现项英和许白昊踪迹，他俩赶紧到一个铁匠铺的楼上临时租间房子住下来。项英原名项德隆，是武昌人，比许白昊大 1 岁，他的父亲是个穷书生，很早去世，他和妹妹靠母亲纺织刺绣养大。15 岁自武昌私立日新学校毕业，进武昌模范大工厂当了 3 年学徒，受了不少折磨，仍旧不能改善家中境况，母亲仍靠纺织刺绣以自活，妹妹以前还出去捡了几年破烂。项英深刻知道工厂的黑暗、工人的痛苦，并渴望着改变这一切。1921 年，项英参加中国劳动组合书记部武汉分部工作，1922 年入党。作为京汉铁路“二七大罢工”的战友，两人当时号称党内的“铁汉”。一次，秦怡君给他们送饭，见到两人正在玩“牛触角”，看谁力气大。他们面对敌人四处抓捕，闷在这样一个地方，玩起孩子的游戏，充满了革命者的乐观主义精神。

许白昊、李立三两家在“湖南布庄”住了半年，许白昊发现隔壁一家住户是稽查队队员，他们立即把地委机关秘密搬至汉口靠近英租界的德润里 23 号，房东是商人，住在楼下，许白昊他们租了楼上 5 个房间，住着许白昊、秦怡君、项英、廖乾吾、包惠僧妻女，对外按一家人关系相称。

1924 年春，中共中央局决定撤销中共武汉区委，成立中共汉口和武昌两个地方委员会，陈潭秋、包惠僧分别担任武昌、汉口地委书记，许白昊任汉口地委委员兼秘书。由于受到通缉，许白昊经济困难，他不得不到汉口英租界电灯厂做工，下工后继续负责整顿、恢复遭到破坏的党组织与工会工作。不到一个月就被敌人发现，侦探到厂逮捕时，多亏他已经下工，才未遭毒手。

1924 年 5 月，由于工贼告密，德润里中共汉口地委机关被敌人破坏。这天下午，天将黑的时候，4 个扛长枪的黑衣警察，急匆匆地来到德润里 23 号紧急叩门，一上楼就把炊事员绑了起来，秦怡君机警地把窗台上的花盆推下放出暗号。此时天已全黑，许白昊从外面回来，看情形不对，连忙说："我是洗衣店的，过来收账。"然后转身下楼，4个警察一拥而上，扭成一团，许白昊和炊事员一道被押走。项英、廖乾吾、包惠僧妻女均不在家幸免于难，他们很快转道去了上海。

许白昊被捕后，连夜被押解到陆军稽查处，敌人对他用尽酷刑，没使他屈服，后押送到陆军军法处，许白昊再次遭严刑逼供，他宁死不屈。中央获悉许白昊等人被捕，于5月19日由陈独秀、毛泽东联名签署中共中央第14号通告，就"汉口官厅因反对国民党运动逮捕了许白昊"等人一事，要求各地即速表抗议，武汉各厂矿学校举行了罢工、罢课、请愿。

湖北督军萧耀南急电吴佩孚，吴令将他们解往洛阳。吴佩孚亲自主持联席会审，对许白昊等6人分别审问。酷刑相加，棍打鞭抽，如此数次，许白昊不为所动，每次审问最后都是被血淋淋拖回牢房。晚上他被铐着铁链，整夜不允许大小便。每天早晨6时放风10分钟，上午10时发放食物——两个霉馒头、一碗粟米汤，下午4时再发一次食物，还是两个霉馒头、一碗粟米汤。

由于许白昊、刘伯垂等始终坚韧不屈，吴佩孚恼羞成怒，即令军法处严办。这天清晨6时，许白昊、刘伯垂等6人被铐着推上汽车，车上另有6人。汽车直接开到洛阳郊外，在一地杂草丛生处，许白昊等12人被拖下汽车，相对排列。一声行刑令响起，刽子手刀起头落，将另外6人斩首，不知为何又将许白昊等6人拖上汽车拉回牢房，而那被杀6人的首级用破箩筐装着带回去示众……

后来才知，由于全国各地声讨、营救电函甚多，工潮涌动，民怨四起。迫于内外压力，吴佩孚暂停对许白昊等人的枪决执行，此次处决不过是一次“杀鸡儆猴”罢了，结果许白昊等人不为所动，吴佩孚下令候押，8个月后处以极刑。此时外界传言许白昊已被吴佩孚秘密杀害，国内不少工会团体和革命组织还为许白昊开了追悼会。

这年秋天，冯玉祥发动“北京政变”，吴佩孚一败涂地，率残部逃离洛阳。长期追随孙中山的胡景翼接替河南督军一职。在此期间，中共地方党组织探知许白昊、刘伯垂等6人尚在狱中，便派人到天津，请求孙中山出面营救。孙中山即电河南督军胡景翼，就近查实见复，10多天后终于找到许白昊等6人下落。

1925年1月，得以获释的许白昊、刘伯垂奔赴上海。由于中共四大上明确提出，对于上海、汉口、天津等新式工业发达地区，要将当地工人完全组织在本党指挥之下，以巩固党的工人运动基础。考虑到许白昊对湖北情况的熟悉和深得工人群众的信任，中央决定要他重返武汉，领导推动工人运动。再一次，许白昊溯江而上，返回武汉。无尽长江滚滚而下，蒙受半年牢狱之灾的许白昊心潮激荡，站在甲板上看着后浪推涌前浪，心中也涌起无尽的力量。

此时，整个湖北的革命运动几乎陷入停滞。但许白昊明白，革命之火在地底下运行、奔突，熔岩终将再次喷出，烧尽一切朽腐。1925年4月，许白昊与汉口、武昌地委一起正式恢复湖北全省工团联合会，并扩充京汉铁路南段、粤汉铁路北段两个工会组织。低潮时期，急需提振工人团结斗争的精神。为此，许白昊相继组织领导了汉口人力车夫、硚口英美烟厂、汉口和记蛋厂等一万多人的罢工斗争，并取得最后胜利。武汉火柴厂、硚口日商泰安纱厂、武昌第一纱厂形成群起响应之势，武汉革命运动的高潮再次蓄势待发。

项英后来追忆许白昊时写道：“武汉自白昊与其他同志数人被捕之后，工会与党的工作又遭打击而几致停顿，尤其是工会运动。白昊同志出狱后又重新建立工会工作与党的组织，领导汉口人力车夫大罢工及英美烟厂、英国电厂、火柴厂等五万人的大罢工，这些罢工均为白昊同志所指挥，取得相当的胜利，并发展了秘密工会组织，同时又进行恢复工团联合会的工作。”

1925 年 5 月，许白昊出席第二次全国劳动大会，与王荷波、张佐臣等人当选为执行委员。五卅惨案发生后，许白昊写下《鹃血》一文，表示：“我心成碎片，我愤破胸膛，我愿淌干眼泪，洗净大千世界，我愿洒尽碧血，参透昏愦人生。”发出了自己的革命誓言！

2. 一颗炮弹

杨浦，一片成陆于唐末宋初的热土，位于上海（“沪”）的东北区域，历史上习称沪东。1843 年上海开埠，沪东靠着依江傍水、交通便捷，很快成为上海工人阶级最集中的区域，先后诞生了中国最早的机器造纸厂、中国最早的自来水厂、中国最早的机器棉纺织厂、远东最大的火力发电厂等工业支点，这里是上海百年工业的起锚地，也是上海工人运动的红色堡垒。

1921 年，一个身材瘦削挺拔的年轻人来到沪东腾越路 195 号，进入日商大康纱厂做工。这一年，张佐臣只有 15 岁，从浙江平湖来上海谋生。当时日本纺织株式会社刚刚创建大康纱厂，招收了大批中国工人，纱厂领班以上管理层全为日本人，对中国工人极为野蛮残暴，工人每天必须工作 12 小时以上，张佐臣体会到了什么叫作“非人的生活”。大康纱厂靠着压榨、剥削工人的劳动所得，为日本职员建造了数十幢花园住宅，一律日式建筑风格，内设有会馆、游泳池、图书馆，坐落在隆昌路上，分东白林寺和西白林寺。工人住的则是小屋，重床叠架，隔以薄帏，里面挤满工人。上班时，他们须领照牌方能去大便，而且是 500 人用两个照牌。极大的不公平，刺激着工人们采取谋求地位和权利的斗争！

忽如一夜春风来，千树万树梨花开。中国共产党一成立，马上派人在沪东地区进行革命活动。1923 年 7 月，沪东成立了最早的中共基层组织——虹口小组，成员有陈其寿、甄南山、王振一、王荷波等人。一年后，党员人数有较大发展，单独设立了杨树浦小组。当时，中共中央局把近代产业工人运动当作党的根本工作，并指出："在国民革命运动中，若忽视这种工作，便无异于解散了我们的党。""只有发动工人参加斗争，防止资产阶级的妥协性，民族解放才能彻底。"共产党人认识到教育工作和组织工作的重要性，要求用十分努力去吸引工人，大力发展共产党的组织，一幅幅令人震撼的工运画卷由此拉开。

1924 年，中共上海地委派蔡之华在眉州路 603 号建立沪东工人进德会，这是中国共产党在沪东最早领导建立的地区级工会组织，采用工人互助团体的形式公开活动，蔡之华、吴先清、陈竹山在此教育工人并发展党团员。

张佐臣在大康纱厂做工已有 3 年，他开眼看上海，开眼看世界，对一切新兴事物抱着好奇和探究感。进德会刚一建立，他就听到了消息，立即邀集工友一起前往。进德会办有识字班、算术班、读书班、阅报班和故事班，用新颖的教育方式向工人传授文化知识，用讲故事的形式宣传革命道理，就像一块磁铁吸引着张佐臣和他的工友。每逢休假，来自纱厂、电灯厂、自来水厂、铁厂的工人，还有店员、海员和电车公司职员，成群结队涌到进德会听讲演、看话剧。进德会还不时组织棋类活动，用"胜负乃兵家常事"及"以少胜多、以弱胜强"的辩证原理，鼓舞工人同旧的剥削制度作抗争，张佐臣觉得特别新奇，为此还学会了下棋。张佐臣本就识字，在这里，他知道了中国各地工人们争取地位和权益的一场场斗争，更知道了何为工人，何为工人的力量。

蔡之华、吴先清还经常到工人居住区活动，深入工人家庭访贫问苦，与工人群众促膝谈心，向张佐臣等工人宣传马克思主义，启发他们的阶级觉悟，很快沪东工人进德会发展了 1100 余名会员，其中女工也有 200 余人。

教师吴先清，是张佐臣的浙江同乡，这年也才20岁。她是家中5个孩子里唯一的女孩，小时候拒绝缠脚，还争取到和兄长一起上学堂念书的权利。13岁跟着哥哥到杭州求学，考入浙江省立女子蚕业讲习所，她在蚕校学生里最早投入声援五四运动的斗争，次年杭州爆发“一师风潮”，吴先清又积极组织蚕校同学前去声援。1920年夏，吴先清进入杭州私立美术学校，一次在西子湖畔写生时，与杭州学生领袖宣中华相识，在宣中华的影响下，参加了社会主义青年团组织的讲学会，并与杨之华、宣中华等一起学习马克思主义，1924年与宣中华一起加入中国共产党，后与宣中华结为伉俪。不久，吴先清调往上海，先在小沙渡工人补习学校教书，同时担任沪西区妇运工作，活跃在曹家渡和小沙渡的纺织女工当中。她平易近人，又有魄力，极受女工信任，于是党又派她来沪东工作，进德会的女工都是她招收进来的。

张佐臣一有空就到夜校学习，上夜课、演话剧、阅读进步书刊，很快就“迷”上了先进思想。一次课后，工人们都走了，张佐臣留下来，向蔡之华和吴先清提了几个问题：“我们工人受到剥削、压迫，过着非人的生活，为什么现在很多资本家都说工字出头就入土？为什么工人罢工大都失败了？为什么有些罢工胜利了，工人还是一样受到剥削、压迫？”

蔡之华耐心解释道：“上有天，下有地，中间工人顶天立地！工人阶级来到人间，就是给资产阶级和一切剥削阶级挖坟墓的，别看资产阶级现在耀武扬威，等到工人觉悟了，农民起来了，工农都团结了，到时和他们作斗争，他们反倒要入土了。”

吴先清也在一旁说道：“是啊，现在上海的工人运动处于消沉状态，这是工人阶级还没有完全地觉醒，还没有完全地团结。只要工人阶级团结一致起来斗争，一定能抵抗资本家而得着最后的胜利!”

“只要我们工人阶级抱定坚强的志愿、牺牲的魄力，以一致奋斗来解除痛苦，以一致奋斗来谋求幸福！那我们前途的希望，必定无比远大!”蔡之华神情坚定，说道。

张佐臣听着这一席话，内心被照亮了。蔡之华、吴先清借机向他介绍马克思主义，播撒下一颗红色的种子。这一年底，在蔡之华介绍下，张佐臣加入中国共产党，红色的种子开出绚烂的花。他积极配合工人进德会开展反帝宣传工作，成为大康纱厂工会的最早组织者之一。

1925 年 1 月，中共四大在上海召开，会议通过《对于职工运动之决议案》，指出要特别注意上海、汉口、天津等地职工运动。根据这一精神，中共中央成立了中央职工运动委员会，工人运动由消沉转向复兴，不久上海迎来了二月大罢工。

当时在上海小沙渡地区，有一家日本内外棉公司，开设了 10 家纱厂，其日本管理层极端歧视中国工人，将中国工人视作可任意奴役的牛马，对工人非常苛刻，动辄打骂，惨无人道，甚至还有打死童工的时候，工人们有冤无处伸张。1925 年 2 月 2 日，农历正月初十，冰冷的清晨，内外棉八厂日本领班对一个连续工作 11 个小时的 12 岁粗纱间女童工拳脚交加，又对上前论理的童工姐姐扇了耳光。男工们群起评理，结果粗纱间夜班男工全被开除。粗纱间日班男工宣布罢工，6 名为首工人被拘捕，工人们愤怒了，纷纷表示要关车“摇班”罢工。

中共中央和中共上海地委经过研究，认为这是领导工人运动的“生死关头”，决定因势利导发动日商纱厂工人大罢工，李立三、邓中夏、杨之华等共产党人组成罢工委员会，由沪西工友俱乐部发表告内外棉工友书：“我们在东洋人厂里做工，真是交关苦呀！……东洋人吃了我们的血，还要剥我们的皮，真是岂有此理！工友们，东洋人真是逼得我们没有路走了。只有大家齐心，一致罢工，反抗东洋人的虐待。”告工友书要求工人们齐心一致罢工，坚持到底，达到最后胜利。

工人们的境遇到底有多悲惨？从当年的报刊中可见一斑：

1916 年 3 月 30 日，上海《民国日报》报道：“年十四岁，向在戈登路第四纱厂做工，日前进厂做夜工至次晨放工出厂……忽然倒地身死。”

1921 年 12 月 3 日，《劳动周刊》报道：“内外棉第五厂清花间进厂未及三个月的女工张金兰被轧死……厂方只将尸体送验尸所掩埋了之。日本资本家同样不给一点抚恤金。”

1926 年 9 月 25 日，《向导》周报刊载：“内外棉十二厂有一个工人要求请假回家，日人毫无道理将他捆绑痛打致伤，回家后卧床不起，不久死亡。”

不被报道出来的事件更是不计其数，这些积压在工人们心中，宛如冰山。等到工潮一发动，工人们都起来了。2 月 9 日，内外棉数家纱厂 7000 多名工人举行罢工，他们涌出厂门，渡过苏州河，云集浜北潭子湾田野间。据邓中夏回忆，“此地为中国地界，为一荒僻旷野，仅有田舍数家，与租界一水之隔”。一杆白布大旗，上书“反对东洋人打人”字样，竖在最高处的坟堆上！在大旗下，刘华、李立三、邓中夏、杨之华等相继发表演说。工人们情绪激昂，男工们纷纷摘下厂里发的小鸭舌帽扔在地上，大家说：我们中国人不戴东洋帽了。

一阵狂潮般的罢工席卷起来，很快蔓延至沪东。2 月 14 日，张佐臣与高雷、王浪亭等共产党员带动大康纱厂 4000 余名员工在沪东率先发起全厂大罢工，支援沪西工人的斗争。

二月罢工开始后，中共上海地委帮助各厂工人成立工会，并组成各工会的联合办事处，在潭子湾办公，作为罢工斗争大本营。从此共产党在上海立下一个前所未有的工会组织基础，并日益壮大。张佐臣领导成立了大康纱厂工会，他告诉工友：“我们在东洋人厂里做工，……天天受东洋人的打骂，做东洋人的牛马、奴隶，这不仅是我们工人的耻辱，并且是中国四万万同胞的耻辱。工友们！大家一条心，反对东洋人的虐待，从前做牛做马，以后要做人，为工人争面子，大家要听工会的话，大家一条心，便可以得到最后的胜利。”

大康纱厂的罢工，带动了沪东地区公大、同兴、上海纱厂等日商纱厂工人，这些被压迫多年、有反抗情绪的工人们胆气都壮起来了，他们汇集到这次斗争中来，形成了一股强大的反帝洪流。张佐臣第一次看见工人阶级强大的力量，看到工人们那种爽快、不计价钱的斗争精神，他深受震动。

在上海发生这样一个破天荒的罢工，自然出乎日本帝国主义意料之外。处于公共租界内的大康纱厂罢工集会，经常受到租界巡捕房干扰，张佐臣提议，将工人集会转到引翔港一带的空地上举行。

2 月 16 日，雨雪纷飞。大康纱厂工人在引翔港空地召开大会，决心要与日本资本家斗到底。为了防止敌人的破坏，张佐臣带领工人组织了纠察队。会议结束时，工人们一脸兴奋，完全不顾头发已被雨雪打湿。

2 月 17 日，胆战心惊的日本资本家开始压迫工潮。当天，一支示威游行队伍从闸北出发，向租界行进，一路高呼“大家一条心，反对东洋人!”“中国人要帮助中国人”等口号。途经恒丰路警署时，遭到手持警棍的数十名警察袭击，他们持棒血腥殴打工人。工人群众被打散，被捕者50余人。邓中夏等工人代表前去交涉，也被关押。同一天里，进德会教师吴先清到大康纱厂研究罢工后续工作，也被日本资本家勾结杨树浦巡捕房逮捕，这一系列暴行激起了沪东工人的愤怒。

18日清晨，大康纱厂和裕丰纱厂召开大会，准备前往巡捕房要求释放吴先清。当时，裕丰纱厂4000多名工人，由共产党员万金福带领，在沪江大学附近空地集中，引翔港警署以煽动罢工罪拘捕了数名工人代表。大康纱厂工会接到报告，张佐臣等人立即组织浩浩荡荡的工人队伍，与裕丰纱厂工人汇合，直奔警署。7000多名工人围住警署高声呼喊："中国人不要做东洋人走狗!""释放工人代表!"

警署署长命令警察朝天鸣枪，工人们毫不惧怕，口号一浪高过一浪。租界巡捕房也派人前来镇压。工人们气愤至极，怒吼着将警署篱笆推倒，随手拿起砖头、石块回掷警察。巡捕迫于众怒不敢开枪，又逮捕了50名工人。张佐臣带领工人们到巡捕房抗议，要求放人，巡捕用高压自来水龙头冲散工人队伍，并派人捣毁了沪东工人进德会。

此时，在日本资本家的要求下，租界工部局出动巡捕保护日商纱厂，对罢工工人则采取严厉措施，进行拘捕。工部局喉舌《字林西报》甚至叫嚣，要将罢工领导者"从租界上和租界附近地区连根拔掉"。

随后，沪西工友俱乐部负责人孙良惠、沪东工人进德会负责人蔡之华等10余人被捕，大康、裕丰两厂工会被封掉，日本军舰开进黄浦江。

逮捕、威胁、镇压完全动摇不了工人反帝斗争的决心，他们在中共中央局、中共上海地委及工会的领导下相互扶助，克服困难，坚持团结战斗。

2月25日，巨大的经济损失和日益发展的反日斗争，迫使日方同意与工人谈判，并主动请上海总商会出面调解，张佐臣作为上海日商纱厂6名工人代表之一，出面参加了这次谈判。

谈判一开始，张佐臣等工人代表首先提出解决工潮的8项条件：（1）严禁殴打工人；（2）增加一成工资；（3）工资每两周发一次；（4）恢复辞退的四十人之职务；（5）罢工期内工资照付；（6）公司规定奖励勤勉的工人，废止储金制度；（7）不得无故辞退工人；（8）释放被拘工人。

对工人提出的条件，日本资本家逐条狡辩。张佐臣对此非常气愤，指责道："今天，是你们请我们来谈判的，如果你们没有诚意，不考虑我们提出的条件，只想推卸责任，那就不必坐在这里讲空话，浪费时间。"

"不必急，大家好商量。"一旁充当调解人的上海总商会副会长王一亭坐不住了，急忙出来打圆场。

"如不接受我们的条件，我们只好继续罢工。"张佐臣等人根本不理他。

"你们有些条件提得太刺激了。为了顾全对方体面，有些枝节问题可以不提。"王一亭不得不抛出自己的方案。

"什么叫枝节问题？什么叫体面？难道我们工人挨打挨骂，被随便开除，关在监狱里受罪就很体面？这些都是枝节问题？"张佐臣义正辞严。

王一亭闻听，良久无言，过了一会才说道："这几件事，由总商会去疏通疏通，大概可以解决；其他问题，再慢慢商量。"

二月罢工，在天寒地冻中爆发，在大雪纷飞中持续，工人们满腔热血，有力地打击了帝国主义的反动气焰，使得日本资本家不得不答应一部分条件。26 日，双方达成协议：(1) 工人照常一律优待，如有虐待，准可禀告厂主秉公办理；(2) 工人能回厂安分工作者照旧工作；(3) 储蓄金照章满五年发还，未满五年开除者，如平时在厂有成绩，亦可发还；(4) 工资两星期发一次。

这一协议与工会提出的复工条件有出入，但张佐臣与其他工人代表认为，这次罢工主要目的是“争人格”，此一目的基本达到，在精神方面，工人是最后的胜利者，这个结果在工人看来，是由他们奋斗得来的，也就可以接受复工条件。这一决定后来得到了李立三、刘华的赞同。

3 月 1 日，张佐臣返回沪东，在引翔港召集大康、裕丰两家纱厂工人开会，报告了谈判经过及上工条件，决定次日复工。

工人复工后，警方并没有立即放人。张佐臣与一众谈判代表到淞沪警察厅交涉。在工人们的有力声援下，邓中夏、孙良惠等被捕共产党人和罢工工人获得自由，二月罢工结束。按邓中夏所言，二月罢工成为“一个空前的伟大运动。他不特在中国劳动运动史上辟了一个新纪元，便在中国民族解放史上也添了一层新意义”。

在二月罢工斗争中，张佐臣经受了斗争考验，开始展现出卓越的组织领导才能。两个月后，他出席在广州召开的第二次全国劳动大会，担任了中国工人运动的领导机构——中华全国总工会执行委员。

这次会上，赤色职工国际代表奥斯脱夫斯基作了演说，当时台底下红旗招展，呼声震天，“全世界无产阶级联合起来”“赤色职工国际万岁”之声不绝于耳。奥斯脱夫斯基在演说中讲出了最警策的语句：“工会是炮台，坚固地建立起你们的炮台，打倒资本制度。”多么强大有力的形容，张佐臣完全被这一说法所震撼。会后，他跟大家说道：工会是一座炮台，我甘愿成为一颗炮弹！

3. 黄浦怒涛

黄浦江自南向北涌来，优美弯曲的弧度造就一处黄金岸线。19世纪后期，英商祥生船厂、日商黄浦造船所、英商茂生纱厂、英美烟厂等洋行诞生在陆家嘴沿江一带。随后，民族工业天章造纸厂、荧昌火柴厂、鸿翔兴船舶修造厂也在这里兴办起来，这带来了陆家嘴的初步繁荣。

杨培生30多岁时进祥生船厂做工，这船厂是英商耶松公司的下属企业。祥生船厂原属于英国和记洋行，1901年，祥生船厂与英商耶松船厂联合改组为耶松公司，是英商在华投资的最大一家船舶修造厂，主宰中国船舶修造业达30余年。外国资本家连年的欺压、剥削，终于逼得祥生船厂工人开始反抗。1918年，祥生船厂400余名工人发起罢工，获得了放工时不得被任意搜身的尊严！

1919年6月，伟大的五四爱国运动的中心转移到了上海，工人成为斗争主力军。祥生船厂与上海华商电车公司、法电、求新机器厂工人，呼喊着“不替仇人做工”的口号，走上街头。祥生船厂工人在罢工前还发出宣言：

> 我们都是穷人，但我们绝对不要我们的国家变成朝鲜第二，那里的一片景象是惨不忍睹的。我们当前所进行的运动，乃是世界史上一件最为惊人的运动。这是一个全民的运动，不为任何武力所能压制得了的。

最初，祥生船厂有400余名工人加入这一爱国行列，三天后达到2000余人。当时正值外国洋行在祥生船厂定制的两艘轮船竣工，正等待试车下水。洋行老板担心误期，再三劝杨培生他们复工，均遭拒绝，工人们克服众多困难，坚持6天6夜，罢工坚决而彻底！

上海工人的全面罢工，使昔日热闹繁华的上海租界地带宛若沉睡一般死寂，市内垃圾成堆，水电全停……上海此次“三罢”组织并不严密，而工人们情绪高涨，精神不屈，掀起了工人运动的新高潮。

这一年杨培生35岁，他看到无数中国人为国家争外交、为国民争人格，饱尝了人间的辛苦与国家主权丧失的痛苦，学生中有被逮捕入狱的，有被殴打审问的，有为之丧失生命的……这使他生出一种“今日方知我是我”的觉悟，他隐隐觉得这是中国即将发生伟大变革的预兆和前奏。

不久，杨培生和祥生船厂铜匠领班杭宝善、周回登、石文亭、孙祖恩等人，响应孙中山工人联合起来的号召，发起成立“铜铁机器公会”，并在豫园摄影留念，这时的他，身上已洋溢着“劳工神圣”的自豪。

杨培生不是祥生船厂培养的领班，而是带着技术进来当上领班的外来者，由于他技术高超，为人正直，受到祥生船厂大多数工人的信赖。当时工人中盛行“合会”，遇到家人生病或其他意外，经济上周转不过来时，可有求助之地。杨培生个性爽朗、大气，也肯帮大家的忙，常有工人请杨培生为“合会”作保，有时工人按期还不出会款，还需要杨培生垫付。杨培生看不得工人有困难，有时为了解决工友的燃眉之急，甚至借钱去帮助他们，这时的他，身上已显露出领导工人团结的领袖气质！

1922年，大年初一，陈望道、李汉俊、李达、许白昊等人上街分发贺年片，杨培生在贺年片上读到《共产党宣言》的只言片语："万国劳动者团结起来!"共产主义之光第一次照在他的心上。贺年片上还有一首《太平歌》："天下要太平，劳工须团结。万恶财主铜钱多，都是劳工汗和血。谁也晓得，为富不仁是盗贼。谁也晓得，推翻财主天下悦。谁也晓得，不做工的不该贪。有工大家做，有饭大家吃。这才是共产社会太平国。"杨培生憧憬又迷茫，他心想：天下得太平，这是何等气概？天下要太平，这又将是何等艰难？

这两年间，祥生船厂附近有过两次大罢工。一次，浦东英美烟厂8000多名工人为抗议洋监工虐待工人举行罢工，由于缺乏组织，不知道下一步如何进行，有人甚至建议去庙里求签，让神明做主。正在此时，一个叫李启汉的年轻人来到英美烟厂，领导工人们喊出"还我血汗"的口号，取得罢工胜利，并成立了上海烟草工会。另外一次，日华纱厂工人举行罢工时，中国劳动组合书记部联合发起浦东纺织工人经济后援会，支持日华纱厂工人最终取得罢工胜利，并迫使日本资本家承认了工会的存在。这些发生在周边的工人运动，大大触动了杨培生，联系自己10多年来在工厂的遭遇，以及工人们为了维持基本生活不得不"合会"的境遇，他的思想发生了深刻变化。他知道，中国的工人群众已经被一种潮流惊醒了。

岁月如梭，1925年迎来了狂风暴雨。在二月罢工中，杨培生利用自己领班身份，发动祥生船厂工匠罢工，支持日本纱厂工人。同时，他还在浦东各厂奔走呼号，揭露帝国主义压迫工人的种种罪行，动员大家参加声援。

万物春生，二月罢工第一次对日资纺织势力造成沉重打击，对他们的罪行作了一次清算。贪婪、不甘的上海日商纱厂资本家正伺机反扑。到了四五月间，日资老板企图压缩生产，撕毁二月罢工的复工协议，任意克扣工资，虐待工人。上海日本纺织同业会还宣布拒绝承认工人组织的工会，要求租界当局及中国官方取缔工会活动。

5月14日，日本纺织同业会宣布“断然处置，关闭工厂”。第二天，日本资本家宣布内外棉七厂停工，不准工人进厂，借机开除大批工人。工人顾正红带领一群青年工人与厂方交涉，反对东洋老板阴谋关厂，要求复工和发放工资。日本大班带着一班打手，直朝门前扑来，他们对准手无寸铁的工人恣意毒打，许多工人被打得头破血流。顾正红目睹如此血腥的场面愤怒高呼：“东洋人打伤工人啦!”“不许东洋人动粗……”工人们的满腔怒火被点燃，一些工人冲进物料间，拿出一些打梭棒，在日本打手的毒打中作自卫反击。日本大班川村对顾正红连开两枪，顾正红中弹，仍咬着牙怒喊道：“工友们不要怕，斗争到底啊!”凶手再次开枪，一颗罪恶的子弹击中顾正红腹部，他倒在了血泊中……这成为五卅运动的导火索!

顾正红英勇就义后，工人们抬着顾正红遗体进行游行，所到之处，哭声不绝，群情激动，全上海乃至全国人民都对日本帝国主义无比愤怒，血债必须血偿。中共中央局发出通告，号召工会、农会、学生会及各种社会团体，一致援助上海内外棉罢工工人，以发动“一个反对日本的大运动”，并规定各地党团组织“下全体动员令，组织游行演讲队……向日本帝国主义者加以总攻击”。

中共中央局和中共上海地委召开联席会议，陈独秀表示：“看来二月罢工并没有打痛帝国主义，这次必须给帝国主义以最沉重的一击!”

杨培生召集祥生船厂的工人，把消息告诉了大家：“前几天，内外棉七厂日本老板无缘无故开除工人，还开枪打死了我们的一个兄弟顾正红，打伤十数人。这些日本人坏透了，不把我们当人看。现在已经有工会的代表去巡捕房，要求调查事情真相。兄弟们，我们都是中国人，能眼看着日本人在我们的地盘上说杀就杀，说抢就抢吗？他们横行霸道，今天杀了顾正红，明天就能杀了王正红、李正红。如果不赶走他们，我们永远没有出头的日子，永远会被他们欺辱。所以兄弟们，我们一定要惩罚凶手，我们一定要反抗，一定要把他们赶出中国。”

“惩罚凶手，赶走日本人!”祥生船厂内平地惊雷般响起怒吼。

不久，有大学生来祥生船厂进行宣传。他们在广场上，一边分发传单，一边向来往的工人讲述顾正红的牺牲过程。说到激动处，学生们站到长凳上呼喊了起来：“祥生的工人兄弟们，现在全市几万工人正在准备罢工，来抗议帝国主义的暴行。我们学生也已经行动起来，声援工人。你们也要加入抗争的队伍，我们不能被帝国主义白白欺辱。要抗议！要抗议!”

一旁的杨培生紧接着说：“天下工人是一家，日本人打死我们的兄弟顾正红，我们能眼见着他白白送死吗？还有那些受伤的工友正躺在医院，他们的生活怎么办，我们能不为他们争取利益吗?”

“罢工，要罢工，我们不能像小鸡一样被黄鼠狼吃了！一定要给那些资本家一些颜色看看！不报仇，晚上连觉都睡不着!”

“团结起来，为兄弟们报仇。罢工！罢工！罢工!”杨培生大声喊道，带领工友们冲出厂去，一路前往谭子湾参加公祭顾正红大会。

这一天，上海大学多名学生因举旗参加公祭大会被捕，文治大学学生为罢工工人举行募捐也被租界当局拘捕。上海学联负责人恽代英召开学生代表会议，抨击租界当局逮捕学生的暴行，要求立即释放被捕学生。租界当局无动于衷，反而变本加厉进行施压。

中共中央召开会议，陈独秀表示，要把革命的烽火烧到街头上去，要让帝国主义感到战栗！

5 月 30 日，上海 2000 多名工人、学生走上租界街头进行宣传讲演。祥生船厂 400 余名工人与和丰船厂 200 余名工人先在跑马厅集合，由杨培生带领，在南京路先施公司附近加入反帝游行队伍。一路上，杨培生和工人们听着学生悲愤的讲述，看着写满帝国主义暴行的传单，他们为受难的工人难过，又痛恨帝国主义的残暴。此时，游行的队伍越来越长，加入群众越来越多，抗议声浪一阵高过一阵，忽然杨培生听到前面响起枪声，在潮水般汹涌的人群中，他闻到了硝烟的味道，看见仆倒的人们、淋漓飞溅的鲜血……

后来才知道，工部局巡捕房大肆拘捕爱国学生，仅在南京路老闸巡捕房内就拘捕了 100 余人。上海工人、学生愤怒了，他们聚集在老闸巡捕房门口，高呼“上海是中国人的上海！”“打倒帝国主义！”“收回外国租界！”等口号，要求立即释放被捕学生。英国捕头调集巡捕，扣动扳机，向手无寸铁的群众发动血腥屠杀，南京路上枪声大作，当场打死上海大学学生何秉彝、同济大学学生尹景伊等 13 人，重伤数十人，之后又逮捕 150 余人，这就是帝国主义制造的“五卅惨案”。

为了掩盖罪行，租界工部局命令英国巡捕用水龙冲刷南京路上的血迹……这一幕恰好被友联影片公司陈铿然等人拍摄下来，帝国主义在华犯下的滔天罪行有了洗刷不去的铁证！

杨培生亲眼看到，血淌在这块地方，这块土是血的土了。正如《商报》记者陈布雷在一封家书中所写到的：“这回学生运动，英捕竟开枪杀人！远道闻者尚且发指，何况我们亲在上海目击喋血前后之种种愁惨情形呢？兄近日要哭，直弄到无处哭。……呜呼四弟，如兄者已近中年，残血犹热，这真是人生未有之痛楚呢！……呜呼四弟，人间何耻？痛！痛！！痛！！！”这种撕心裂肺般的痛楚是当时每个有良知的中国人都具有的情感！正因为如此，茅盾在《五月三十日的下午》中写到的，“以眼还眼，以牙还牙”的复仇之情，也就不断地在无数中国人的脑海里回旋。

作家、诗人田汉也在愤怒中写下诗作《黄浦怒涛曲》：

> 一般纯洁无垢的青年投笔奋肩起！他们的意气干云，他们的呼声震地，他们想以群众的意志惊觉他人的鼾睡，岂知黄浦江头，又涌起漫天的血泪！……他们或打破了头，他们或打穿了腰；他们的心裂如帛，他们的血涌如潮；他们的旁边，可以听得日人的热骂，英人的冷嘲；绿杨的哀泣；黄浦的怒号……

这时候，中共中央创办、瞿秋白主编的《热血日报》火热出炉了，中央局总书记陈独秀在创刊号上发表文章大声疾呼：“创造世界文化的，是热的血和冷的铁。现在世界强者占有冷的铁，而我们弱者只有热的血，然而我们心中果然有热的血，不愁将来手中没有冷的铁。热的血一旦得着冷的铁，便是强者的末运！”

在《热血日报》上还刊登了《上海总工会告全体工友》号召工人奋起抗争：

我们的汗血，被他们剥削去了！

我们的身体，遭他们的打骂侮辱！

红头阿三，更是他们残杀我们的刽子手！

我们工友被他们逼迫死的，殴打死的，

汽车压死的，那一天没有？那一处没有？

我们组织工会，要遭他们的压迫禁止。

同盟罢工，更要遭他们摧残！

我们的身体，好像是牛马一样！

我们的生命，好像是虫蚁一样！

……

报仇雪耻，反抗残暴杀人的外国强盗！

工友们！起来呀！罢工呀！

这反抗帝国主义的热血在6月沸腾、偾张。6月1日下午，上海总工会发布宣言指出："我们上海全体工人，八十年来在帝国主义压迫之下，现在已忍无可忍了！"

在上海总工会的领导下，各行各业工人在6月2日开始举行大罢工。一时间，上海生产停止、商店关门、交通中断、轮船停驶……上海市中心地带的商市也几乎罢市……各帝国主义如临大敌，英、美、日、法、意等国军舰开到上海，一批陆战队员登岸，在租界用沙袋筑起堡垒，对工人学生进行镇压。6月1日帝国主义巡捕又向群众开枪，死伤多人。6月2日小沙渡工厂工人被枪杀4人，沉尸苏州河……帝国主义罪行累累，对中国人民的旧债未偿，又添新债！

这天，祥生船厂1000余名工人在杨培生带领下摆渡过江，前往南市参加群众集会。一路上他们碰见几支军阀巡查队和大刀队，杨培生机智地让大家改变队形，分散着往前走，终于到达集会地南市公共体育场，当天会议有近10万名群众参加，反帝怒潮在集结，在汹涌！

这次上海参加罢工工人达到20多万，没有经济上的救助，要坚持罢工是非常困难的。经上海总工会组织，成立了上海日商纱厂工会联合会，杨培生的入党介绍人张佐臣担任总主任兼募捐主任。在这次集会的前前后后，张佐臣全身心投入其中，带领工会联合会进行登报或直接致电各大商埠、国外侨商和国际组织，发出通告，呼吁劝募。同时，开展了募捐活动。

一天，受张佐臣派遣，杨培生与纱厂女工施小妹到一所大学募捐，他找到校工，提出借钟楼召集学生来募捐的要求。校工二话不说，马上表示同意。杨培生与施小妹跑上钟楼，“叮叮当当”地敲起来。全校的学生都被惊动，大家跑出课堂，围集到钟楼前面来。杨培生搬了一张四方桌子，跳上桌大声向学生演讲起来。他还原了5月30日当天在南京路看到工人、学生被帝国主义残杀的情景。这是杨培生第一次对着这么多学生演讲，他滔滔不绝，在场的许多大学生听了他的话都哭了……捐钱学生越来越多，杨培生被围在人群中挣不出来，索性脱下自己的长裤，把两个裤筒打成结，倒过来装钱。临走的时候，学校还派了两名学生代表，护送他们回去。

在罢工斗争中，杨培生认识了张佐臣等一批特别勇敢、见识非凡的人，有工友偷偷跟他说：这些人都是共产党！杨培生突然间无比激动，他对施小妹说，共产党人站得高、看得远、敢斗争，了不起！此后，杨培生到附近招商局内河机厂、日华纱厂、英美烟厂、和丰铁厂去联系，发动工人共同开展斗争，这时他与那条非凡、光明，值得他一生守护的革命道路靠得越来越近了。

4. 林中月光

“必须给帝国主义以最沉重的一击!”

铁骨铮铮的中国共产党人对日本帝国主义残忍杀害顾正红作出回应!

经过陈独秀、瞿秋白、李立三、蔡和森等在上海的中共领导人研讨，由陈独秀签发中共中央32号通告，向全国各党组织指出，准备行动反对日本人枪杀中国工人同胞，向日本帝国主义进行抵制和示威。为了加强领导力量，成立了上海日商纱厂工会联合会，张佐臣为总主任兼募捐主任。

5月24日，在潭子湾空旷场地上，举行公祭顾正红大会。张佐臣担任大会副指挥。万众庄严肃穆，一派悲痛与愤怒的气氛。在会上，上海内外棉纱厂工会代表讲述了顾正红的生平和牺牲情况，与会者情绪激昂，一致挥着拳头高呼“反对东洋资本家枪杀工人!”“为顾正红烈士报仇!”“先生虽死精神不死，凶手犹在公理何在?”等口号。

五卅惨案发生后，上海总工会筹备会在第二天晚上举行联席会议，由李立三主持，张佐臣等筹备会董事参加，会上决定正式公开上海总工会。6月1日午后，上海总工会正式挂牌，立即发表告全体工友书：

我们中国，受外国帝国主义的侵掠压迫，

真是到了极点!

土地被他占去了，

银钱被他抢去了。
上海本是我们中国的上海，
但是住在上海的人，
都要受外国巡捕房的管辖，
那么我们上海的人，
便都成了亡国奴了！
尤其是我们工人，
更是苦不堪言！
……
我们的身体，好像是牛马一样！
我们的生命，好像是虫蚁一样……

告工友书号召，全体一致罢工，报仇雪耻，反抗残暴杀人的外国强盗。上海全市“总罢工、总罢课、总罢市”（“三罢”）运动就此发动起来了。

李立三、刘华、孙良惠、杨之华等被推选为上海总工会委员，其中李立三为委员长，刘华为副委员长兼组织部主任，孙良惠为宣传部主任，杨之华为女工部主任，刘少奇到上海后出任总务科主任。张佐臣为宣传科副主任，他和主任刘贯之、副主任严敦哲一起，带领若干宣传员，主要负责工会的宣传和教育事项。

上海“三罢”斗争风起云涌，上海各校几万名学生纷纷罢课，发表宣言，通电世界各国，公布五卅惨案真相，呼吁各弱小民族予以援助，积极开展募捐和抵制英、日货活动。上海各租界内各行业都投入罢市洪流，各公司、商店，乃至交易所、银行、钱庄、报关、转运、保险、粮食、杂货、糖业、肉食、渔业、菜场、煤炭等，莫不店门紧闭，一律停止营业。报载，“武装西捕，至南京路等处强迫开市”，“拍桌漫骂”，也无济于事。

一时间，整个“三罢”席卷上海各行各业，为外国人服务的中国人都不干活了：面包厂停业，清洁工不清除垃圾，码头工人不装卸，报童不送报，自来水工人不送水，厨师、侍者、奶妈、洗衣工、电报工都不干活，完全打乱了帝国主义租界内的秩序，给帝国主义者以沉重打击。日本驻沪总领事矢田致电日本外相称：“不仅英、日两国，即其他各国亦感受非常之痛苦。”英国海外部在当年工商经济情况报告中说：“五卅运动对英国工商者造成的损失究竟有多少？那是无法估计的。”帝国主义深深感受到了中国工人阶级强大的力量！

他们害怕这股力量发展壮大，于是帝国主义者继续采用屠杀政策，罢工委员会为此改变斗争策略，将五卅反帝爱国运动推向全国、全世界。长城内外，大河上下，各大中城市都掀起反帝爱国运动，翻开了中国人民反帝斗争史崭新的一页。

“自鸦片之役以至庚子之役的中国史，完全是一部外国强盗宰割中国民族的血书。然而这次上海的大流血，却是中国民族自觉的反抗帝国主义之第一页呵！”中共中央在《中国共产党为反抗帝国主义野蛮残暴的大屠杀告全国民众》如是说。

“五月卅日！这确是中国国民革命开始的一天，它标志着大革命高潮的到来。”《热血日报》主编瞿秋白发出如是感叹。

6月的上海，苍穹碧空如洗，五卅运动正处汹涌澎湃的时节，张佐臣、杨之华来到祥生船厂。

杨之华，是张佐臣的浙江同乡，这时不过25岁年纪，一张圆润的鹅蛋脸，长相甜美，英姿飒爽。她是被五四的火焰燃烧了心窝的知识青年，面对黑暗暮色，晨光未明，她选择了前进，1924年加入中国共产党，并进入上海大学社会系求学，开始了她“从这一岸到那一岸”的新生，她是职业革命家，也是妇女运动领袖。

“佐臣同志，我们处在最黑暗的年代，我们的力量还不够强大，唯有唤起广大工人阶级，教他们觉醒，团结起来一起开展革命，我们才能创造出一个光明的世界。”杨之华言语间充满了革命热情。

“对，这是最坏的时代，我们共产党人要做实干家，实干才能救国，从组织工会开始，我们共产党人要一点点把世界变好，变光明!”张佐臣的革命斗志同样无比激荡。

他们找到杨培生，张佐臣开门见山，说道:“杨师傅，我们知道，顾正红被杀害后，你带领祥生船厂的工人参加了很多次反帝游行，我们都非常钦佩。五卅惨案时，你也在现场，你也看到了，血肉横飞的上海，现在已成为外国帝国主义的屠场了！这是偶然的事么？不是的。帝国主义存在一天，被压迫民族和被压迫阶级每日都有被屠杀的可能!”他停顿了一会儿，语气高昂起来:“所以我们必须联合起来跟帝国主义作斗争。当然，我们知道，由这次大屠杀引起的全上海全中国的反抗运动，将是一种长期的民族争斗。为了把这次长期的争斗进行到底，目前最好的办法就是成立工会。这次全市“三罢”反抗帝国主义，在上海总工会的带领下，几十、几百、几千、几万的上海学生市民在帝国主义的炮火中前仆后继，已经让帝国主义感到紧张和害怕了！但这还不够，我们还要把工会壮大起来。你看，你来组织大家一起成立祥生船厂的工会怎么样?”

话音刚落，杨培生立马答道:“为中国人争地位争权益的事，义不容辞，我一定把这个工会组织起来。”

次日早晨，张佐臣、杨之华与杨培生一起在祥生船厂门口搭台演讲、散发传单、书写标语、张贴漫画，向工友们宣传反帝罢工的道理。金黄的光芒，洒在人们身上。张佐臣站在阳光下，给工人们打了个比方："过去工人们想争取自己的利益，没有工会的团结领导，好比八个瓶子七个盖，盖来盖去盖不齐！我们要改变这一局面，尽快成立自己的工会。"

"鸟无头不飞，火车无头不跑。只有成立工人自己的工会，大家团结起来与资本家做斗争，才能提高工人的地位，争取工人的利益。"杨之华也做了很形象的比喻。

一连几天，工厂门口围满了工人，他们被张佐臣、杨之华的话打动了，成立工会的条件很快成熟。杨培生与厂里几个积极分子杨鸣皋、陶根根、徐敏畅商量，在浦东五福弄三德里租了间房子，布置好桌椅，成立了祥生船厂工会，杨培生被大家推选为第一任会长。一块"祥生船厂工会"的牌匾，一件新鲜的事物，每天都吸引着不少工人。

6月6日下午，在浦东吴家厅举行的工人集会上，张佐臣发表了演讲。会场上人山人海，足有4000人。大家都围坐在空旷的草地上，静静听着张佐臣讲话。张佐臣平时说话不多，可是开大会讲起话来声音洪亮，即使是远处的工人也能听得清清楚楚："工人兄弟们，帝国主义和反动派编瞎话，说我们工人一辈子不会出头，我们千万不能上当！"他停了一下，用更响亮的声音说："凡识字的都晓得，'工人'两字连起来，不就是个'天'字？"

"对！对！是'天'字。"识字的工人都争着回答。

"这就是说，我们工人联合起来的力量比天还大，任何力量都敌不过我们！可是那些帝国主义和反动派还能够骑在我们头上横行霸道，就是因为我们没有团结起来。全世界无产者联合起来，就像小溪汇成大江大河，没有什么能够阻挡我们！"这些话句句说进工人心坎里，像磁石吸引着工人。杨培生也为张佐臣将反帝的怒火、爱国的热情燃烧起来的演讲而叹服。

这天，张佐臣上完课后，找到杨培生，问他：“老杨，我看船厂工人有了知识后，工会的氛围也更好了，最近工作怎么样？”

“工会刚刚成立，还没有什么头绪，我与杨鸣皋他们正在商量今后怎么办。大家都很热心，但是从来没搞过，没什么经验。”

听到杨培生的回答，张佐臣对大家的热情表示了肯定，又细心地交代他：“现在局势不好，巡捕到处抓人。我们搞工人运动，必须讲究策略，可以把兄弟们分成几个小组，组成工人纠察队。大家提高警惕，防止坏人钻空子搞破坏。”

第二天，杨培生召集几个骨干开会，大家做了分工，物色了一批工会积极分子，成立工人纠察总队，祥生船厂工会组织就这样健全起来了。

为了更顺利地开展工会工作，经过张佐臣同意，杨培生推荐买办唐连琛担任祥生船厂“名誉”会长。工友们一开始想不通，这个唐连琛不是资本家走狗嘛？让他担任“名誉”会长，不是提前让敌人知道大家的动向？

“大家可能不知道，唐连琛有个哥哥是工商界头头。通过这个关系，工会去虞洽卿那里领取救济费也就多了一条桥梁，大家的斗争才能更长久。我们不能死斗争，要动脑筋。”大家恍然大悟，都称赞杨培生“赛诸葛”。

不久，在张佐臣的指导下，杨培生与杨鸣皋一起，联系附近各厂工人，掌握情况，物色骨干、筹建工会，先后帮助和丰船厂、董家渡船坞、恒昌铁厂、招商局内河船厂、隆茂打包厂等相继建立了工会。

在这些工会的基础上，张佐臣、杨之华来到浦东陆家宅烂泥渡（今陆家嘴一带），组织了浦东罢工委员会，并设立上海总工会浦东办事处，张佐臣当选办事处主任。

在办事处，杨培生把祥生船厂工会搞得红红火火，经受住了考验，张佐臣有意发展他入党。一天晚上，万家灯火初上时，杨培生、徐敏畅和杨鸣皋等祥生船厂工会干部正围在一起谈论罢工的事，张佐臣夹着一些书报走到工会楼上，杨培生马上向他汇报前一阶段的工作。张佐臣一谈起闹革命的事，年轻的眼神就闪着光芒。他拍拍杨培生的肩膀，大声赞道："你们做得很好，反对帝国主义的斗争，越扩大越有力量。"

"明天下午我们会召开工会小组长会议，要大家继续团结在一起，坚持罢工，注意内奸破坏。"杨培生道。

"很好！除了这些工作，我们还要募捐，还要搭台演戏，开办工人夜校，进一步揭露帝国主义的嘴脸。坚持罢工，肚子吃不饱不行，眼睛擦不亮更不行。"张佐臣给大家布置了新的任务。

临走前，张佐臣放下几本书和杂志，有《共产党宣言》，还有中共中央机关刊物《向导》周报，他对杨培生他们说道："我们革命工人都得好好读读！这些书和报，要组织工人骨干多读读，多思考，理解革命道理。"

夜色已深，张佐臣还要赶最后一班船过江。他正要下楼，杨鸣皋想起什么，郑重地说："要不要陪你过江？夜里走路担风险呀！"

"为了我们的后来人走夜路不再担风险，我早将害怕甩在脑后了……"说完，张佐臣迈开大步，轻快地下楼了。杨培生望着张佐臣的背影，赞不绝口："我40多岁了，还是第一次碰见张先生这样的人。你看，他一不为钱，二不为名，成天冒着危险，为工人奔走，为工人发声，令人佩服！"

“听说他是共产党员……”

“跟着这样的共产党人走，永远不会吃亏，永远不会走上歪路的!”杨培生若有所思。

深夜，杨培生逐字逐句地研读着《向导》上面的内容，每一句话都写到了他的心坎里，要不是杨鸣皋提醒，他几乎忘了时间。回家路上，杨培生对杨鸣皋说：“活了几十年，到今天我才知道中国这么穷很大原因就是帝国主义的侵略造成的。他们开我们的矿，运走我们的原材料，刮干我们的血汗钱，我们稍一反抗，他们还想要我们的命，真是岂有此理!”

第二天，当张佐臣再次来到祥生船厂工会时，杨培生兴奋地对他说道：“《向导》让我大开眼界。以前我常常搞不清楚我们工人每天干活十几个小时，手脚慢一点，不是被打，就是被工厂开除，这到底是为什么？这次上海发生大屠杀，我明白了，因为帝国主义者只要中国人做奴隶，不准中国人谋解放。所以，我们今后一定要与帝国主义作斗争!”

“工人阶级团结起来，会有无穷的力量，我们的反帝斗争也会胜利!”张佐臣鼓舞道。要散会了，看着大家都不愿离去，张佐臣对大家说道：“今天教大家一首歌，工人阶级的歌，这首歌鼓励我们创造一个新世界，那时我们工人都会过上好日子。”

“起来，饥寒交迫的奴隶！起来，全世界受苦的人！满腔的热血已经沸腾，要为真理而斗争！旧世界打个落花流水，奴隶们起来，起来！不要说我们一无所有，我们要做天下的主人!”激昂的歌声在祥生船厂工会久久回荡。

几天后，张佐臣找到杨培生：“老杨，你们要作长期斗争的打算，还要更好地组织起来。”

“我们有了自己的工会，不是已经组织起来了吗?”杨培生没懂张佐臣的意思。

“单组织工会还不够，必须参加工人阶级的先锋队——中国共产党！”张佐臣郑重地说。

“我也可以加入中国共产党嘛?”杨培生觉得浑身热血上涌，“现在喝工人血的洋鬼子把共产党看作眼中钉，与洋鬼子勾结在一起的军阀骂共产党是乱党，我认为共产党为平民办事就是好，砍我脑袋，我也要参加共产党！”

杨鸣皋、徐敏畅也跟着表明了态度：“跟共产党走，多替大家办点事，做人也做得有意思！”

夜晚。机器的轰鸣停了下来。月光的清辉洒在寂静的大地上。杨培生、杨鸣皋轻手轻脚穿过祥生船厂的竹篱笆弄堂，穿过一条长满野草的羊肠小道，来到一处偏僻的林间荒地上。张佐臣早已站在那里等候，他面前一棵树上挂着一面鲜红的旗子。月光透过树叶，洒在旗子上，泛出明亮的光。

张佐臣带领他们面对党旗庄严宣誓：“……不屈不挠为共产主义事业奋斗到底！”宣誓完毕，斗志昂扬的杨培生开始了新的战斗。

“你们已是党的新鲜血液，是工人阶级的骨干。共产党员是钢铁铸成的，在任何情况下要不怕牺牲，要站在斗争的最前线，要遵守党的纪律！”张佐臣鼓舞着新入党的战友。

“我会全心全意为劳动人民办好事情，为共产主义事业贡献出一切力量！”杨培生等人严肃地回答。淡淡月光令整个世界都皎洁起来。

5. 春风吹澜

在五卅运动中，中国共产党认识到，要继续提高工人文化水平，传播革命知识，培养革命的骨干力量，为此准备在几个产业工人聚集的区域开办平民学校，而当时的浦东还是平民学校的处女地。

这天，张佐臣过江来到祥生船厂，在工会找到杨培生，问他："老杨，祥生船厂工人的识字情况如何?"

杨培生对厂里情况了若指掌："我们厂的工人多数不识字。五卅运动刚开始时，我们厂里的墙上、马路旁的灯柱子上，都贴满了布告和标语。大群工人围在一起看着，但他们多数人不识字，大都只能看懂宣传画，要不就听识字的人讲解，或者把传单拿回去问家里的孩子。这非常不利于宣传革命道理！而且有些工人一直有着根深蒂固的封建迷信思想没有消除，这也非常不利于扩大革命!"

张佐臣听后表示："看来，开办平民学校一刻也不能拖延了！擦亮工人的眼睛，帮助工人认字、学文化，向工人传播革命知识，培养革命的骨干力量，是一件大事，党组织早已考虑过了，学校很快会开办起来的!"

"这件事委实重要。工人们还是喜欢文化的，他们过去常到茶馆里去听说书，只是书馆里讲的东西，大概都是讲义气、听天命的封建思想，还有就是灯红酒绿、痴男怨女，不问国事，也不管时局，只可消遣，毫无益处！只有懂得革命道理，才能培养工人不受欺、要反抗的精神!"

“那我们两个分头进行，你去找地方，我来找老师。总书记陈独秀以前办《新青年》，要让全国思想都改观，我们也要把浦东工人的思想扭转到革命道路上来才行啊！”

1925年8月，上海纱厂总工会成立，张佐臣被推选为主要负责人之一。他同时担任中共上海区委候补委员，分管群众工作。为了让更多工人群众得到接受教育的机会，张佐臣加紧开办平民学校。

这年秋天，在张佐臣、杨之华、杨培生等人的努力下，平民学校在浦东烂泥渡路永吉里办了起来，张佐臣担任校长兼教师。考虑到大家白天要上班，所以办的是夜校。学校报名手续简便，不收学费，只收二角钱灯油费，由工会出钱买桌椅板凳。人多板凳不够坐，工人可以自己带凳子来听课。祥生船厂、日华纱厂、英美烟厂的工人一窝蜂地涌进工会，争先恐后抢着报名入学。

一个秋夜，学校正式开学。连学校大门都没跨进过的贫苦工人，第一次挟着工会发的书本，心情愉快地走进学校。

前面黑板上，由上海大学学生画的漫画将工人们迷住了。大家正看得出神，张佐臣和杨之华走进教室，张佐臣看着大家的神情，指着第一幅画问道：“大家从这幅画上看出了什么？”

这幅画上有一个洋人站在黄浦江畔的轮船上，两眼直勾勾地盯着从岸上滚进船舱的一串串铜钱和一只只元宝。

“洋鬼子仗着洋枪洋炮，将大轮船开到上海滩，吸中国人的血汗，抢老百姓的钞票。”冷作学徒朱云生答道。

另一幅画是外国资本家站在一大石头上，石头则压着工人。张佐臣还没有问工人，在场的工人就说：“这第二幅画画出了我们心里想说的话，我们一直被外国资本家欺负、压迫。”

“那你们知道这些洋鬼子和他们的军舰、剥削人的机器是怎样进来上海的?”张佐臣又问了一句。

大家一下被问住了。有的低声问老年工人,有的说:“听老祖辈说过,年代太久,记不清楚啦。”

“一八四〇年鸦片战争。”张佐臣转身,重重地在黑板上写下一行大字。

看着大家,他用洪亮的声音说:“85年前,英国派兵攻打广州,挑起了鸦片战争。清朝政府被打败了,签订了丧权辱国的《南京条约》。从那时候起,上海被辟为通商口岸,大批外国兵舰、装鸦片烟的船、运中国私茶的船都开来了。从此黄浦江两岸成为洋鬼子的世界,中国的地皮被强夺过去当租界,中国人的脖子被套上了铁链条,给洋鬼子当牛做马……大家想想,中国人为什么饿得面黄肌瘦?洋鬼子为什么可以在中国的土地上作威作福?难道是中国人命苦,外国人本事好?不!这是骗人的鬼话!谁要是不站起来打倒洋鬼子,别说自己受苦受难,连子子孙孙都翻不了身……”

大家你看看我,我看看你,小声地说:“洋鬼子好比一条毒蛇,被它咬住了,有命也不长。”

“不能躺在地上任蛇咬,拿起大刀斩死它嘛!”教室里一片喧腾。

“反抗,必须反抗!再不反抗,我们这一辈的血汗被他们吸完,子孙后代的血汗也要被他们吸!”

张佐臣听着工人们朴素的话语,欣慰地说道:“给我们的子孙后代创造一个没有压迫、没有剥削的社会,就是我们的使命,我们的责任!接下来,我们来上第一课。”

张佐臣一摆手,大家静下来。开始上课了。张佐臣写了三行字:你是工人,我是工人,天下工人都是自己人。教会工人识字后，张佐臣合上书本，向大家谈起革命道理。他说："世界上什么人最能干最有用？是劳动人民！"

朱云生等不及张佐臣往下讲，站起来说："就是我们这些挥榔头使锉刀的老粗吗？"

"对！没有工人，机器不会从天上掉下来，棉纱、火柴、煤油、钢铁、船、炮弹这些东西不会从地里冒出来。"张佐臣说到这里，另外一个工人风趣地插了一句："资本家即使会变戏法也变不出来啊。"

张佐臣看了这个工人一眼，笑道："对，如果真有什么戏法，也是我们工人的手创造出来的。我们工人都靠劳动吃饭，谁都不想压榨谁，没啥利害冲突，应该你拉我，我帮你，大家团结一致，反对帝国主义和军阀的压迫。"

他怕自己讲得还不够透彻，特地举了一个例子说："我们这次大罢工，反对英国、日本帝国主义，就得到全世界工人的帮助，连英国、日本的工人也支持我们的斗争，这就是天下工人都是自己人的道理。"

这时他想起了什么，指了指正听得津津有味的几个工人："天下工人都是自己人，不管我们中哪些人来自宁波，哪些人来自广东，只要是工人，决不能分帮派，要做到千条绳搓成一条绳，千股劲拧成一股劲。以前工人们靠参加什么帮，结拜什么弟兄来与帝国主义斗争，结果是吃亏多胜利少！所以现在我们要团结得紧，这次五卅运动就是由于全市工人都统一在上海总工会的领导下才能坚持到现在。"

工人们听了张佐臣的话，心里开始翻腾起来，大家都嚷嚷起来："团结。要团结！十根百根千根绳子绞成一根粗绳子，可能十头牛都拉不断！"

这天晚上，张佐臣足足讲了两个小时，9点钟敲过，该下课了。可是大家的腿好像被铁石吸住似的，谁都不肯走。杨之华走来跟大家说："我们来唱个歌好不好？"

"好！"工人们哗哗地鼓起掌来。

杨之华放开嗓子，领着大家唱了一首《五卅小调》："五月卅起风潮，帝国主义要打倒，齐心一致向前冲，不平等条约要取消。"

大家唱了几遍，歌词唱得滚瓜烂熟，才高高兴兴地散了，各自回家。在这样充满压迫与黑暗的世道中，他们感受到了一种光明，一份暖意。

在这风吹雨打的时代，"三罢"斗争轰轰烈烈地继续着。帝国主义对上海人民发动的这场斗争既害怕又仇视，他们采取了分化手段，资产阶级首先屈服，单独宣布停止罢市。上海工人陷入同帝国主义孤军奋战的局面。20余万名坚持罢工的工人，连同家人都处于饥一顿饱一顿的状态，大家只能依赖救济金生活。恶劣的环境并没有吓退上海工人，他们还在坚持着。

张佐臣、杨培生极关心工友们的身体健康，他们与共青团浦东部委书记曾培洪（李强）商量，由杨培生出面在花园石桥大街创办一所工人医院，请两位医生，免费为工人治病，扩大了工会的影响。

9月间，纱厂、印刷、运输等产业总工会纷纷成立，杨培生还参与筹建上海铁厂总工会，这是造船业和机器制造业工会的联合体，杨培生被选举为上海铁厂总工会委员。这时候，祥生船厂相继有10余人入党，还成立了由杨培生任书记的党支部，是中共浦东部委下辖的第一个支部。

日月更替，四季轮回，转眼就快一年了。1926年5月，上海总工会召开各工会代表会议，决定努力实现8小时工作制和最低工资标准。5月16日，中共上海区委发出“关于举行大规模五卅纪念运动”的通告。为了减少不必要的牺牲，中共上海区委要求以“和平”方式游行和演讲。5月29日，5000余人在虹口举行五卅烈士公墓奠基礼。次日，全市举行了统一的罢工、罢课、罢市，上海的工人运动持续高涨。

7月间，因英商老板拒不履行五卅运动中答应的复工条件，祥生船厂900余名工人在杨培生领导下举行罢工，要求英商老板履行五卅复工条件、每人每日增加一角饭钱、罢工期照付工资，以及废除打铁部、冷作部的包工制度等复工条件。经过谈判，英商老板被迫答应长工每人每日增加工资五分，短工增加一角，但包工制度仍旧存在，罢工取得了部分胜利。

到了8月，英商老板出尔反尔，发给冷作部工人工资仍是原来的数目，还狡辩称，其他部门的工资全部是直接给付，冷作部是包工性质，因此不予增加工资。杨培生领导祥生厂全体工人再次进行罢工以支持冷作部工人。但同时他也认识到，罢工即使再次获得胜利，也极有可能是暂时的胜利，英商老板转眼又会撕毁复工条件。为此，杨培生想了各种办法，最后领着工人找到了船厂工会“名誉”会长唐连琛。杨培生对他动之以情晓之以理，既点明他“名誉”会长的身份，同时也讲了米价暴涨、工人生活难以为继的情形，最后杨培生还跟唐连琛算了一笔账，阐明了每天罢工将给英商老板造成多少损失，不如答应工人的条件。唐连琛考虑再三，跟英商老板沟通，罢工最终获得胜利。

1926年12月，中共浦东部委召开代表大会，当天天寒地冻，还下起了雨，不少代表因此迟到，还有数名代表缺席。平时待人亲切、脾气温和的杨培生异常生气。在正式会议开始前，他对与会代表说："今天开会有部分同志迟到，还有的同志索性就没有来参加会议，我知道，今天天气不好，但这都不是迟到旷会的理由。说明有些同志没有党性，把自己看得比党的工作还重。今天这么重要的会，说不来就不来，今后谁还敢把重要的工作托付给你！我们今后开会必须按时到会，如果遇到实在不能来的情况，一定要事先请假，否则就是违反党纪。"杨培生话音刚落，与会同志热烈地鼓起掌来，几个迟到者惭愧地低下头。

此次大会进行了委员改选，杨培生高票当选七位部委委员之一，还被选为组织部主任。

这时候，张佐臣、杨之华、杨培生创办的学校，听课工人越来越多，教室实在挤不下，杨培生因陋就简在祥生厂工会楼下放了几条长凳，办起了新的补习班，张佐臣、杨之华等也常过来这边讲课。

春风化雨，丹心向阳。这所学校像一座马克思主义熔炉，工人们在这里提高了阶级觉悟，有不少参加了中国共产党，掀起一片燎原之势。在几个月中，浦东地区增加了和丰铁厂、南洋烟厂、小轮驳 3 个支部，支部总数达到 11 个，党员也从 216 人增加到 322 人，其中祥生船厂有党员 40 余人，他们勇敢地投入大革命的洪流，这为后来迎接新的革命高潮——上海工人三次武装起义，做好了组织上的准备。

6. 血泪广州

“倘说中国是一幅画出的不类人间的图，则各省的图样实无不同，差异的只在所用的颜色。黄河以北的几省，是黄色和灰色画的，江、浙是淡墨和淡绿，厦门是淡红和灰色，广州是深绿和深红。”鲁迅抱着梦幻去广州，在革命和动荡中，在“深绿和深红”的组合里，转眼就从梦境放逐，不过剩下些索漠。他曾在一次演讲中说过广州可以做“革命的策源地”，也可以做“反革命的策源地”，真是一针见血。

1924 年 10 月，广东商团发动罢市，抗议广州政府扣押商团购买的大量武器装备。10 月 10 日，广州各界举行纪念武昌起义 13 周年集会，会后游行队伍遭到商团军武装袭击，打死多人。孙中山下令武装解决广东商团的问题，宣布广州戒严。由共产党领导的工团军、农团军配合黄埔学生军、政府警卫军一团行动，向商团军发起进攻，广东商团反革命叛乱很快被镇压下去。

当时，孙中山组建有一支铁甲车队，不过在平叛中表现不力。周恩来提出，对这支车队进行改组，得到了孙中山的同意。周恩来从黄埔军校调来一批共产党人负责组织工作，又在陈延年、杨匏安、阮啸仙协助下，从工团军、农团军调来一批青年充实骨干队伍，铁甲车队日常工作直接向周恩来、陈延年负责，这是中国共产党创建正规革命武装的首次尝试，后来发展为声名赫赫的“铁军”——叶挺独立团。

这一时期，谭平山、杨匏安继续担任广东区委驻国民党中央党团的正、副书记，同时杨匏安任国民党中央组织部秘书、代理部长，后又兼国民党广东省党部常委和组织部部长的职务，他在国共两党内有着很高地位，甚至掌握着很多人羡慕的权势，经常有人来找他介绍工作、安排职务。杨匏安秉公办事、任人唯贤，从不徇私滥任。凡是请客送礼的，杨匏安一概拒绝，绝不以权谋私。他常常和家人说做事要踏踏实实、光明磊落，绝不能公私不分，要求家人不要做任何用他的权势捞取好处的事情。有一年中秋节，杨匏安回家时发现家里多了一盒月饼，杨匏安坚持让家人把事情查清楚，把月饼还了回去。

陈独秀在《敬告广州青年》一文中写道："我认识许多广东朋友，又有许多别省的朋友告诉我，广东人的性质和广东的社会状况，我归纳起来，得到两种极端不同的结论。一是好到无以复加，一是坏到无所不至。这两种结论在表面上看起来，似乎是极端矛盾，不能并存，然而我以为这两样都是事实……所以富于保守性的康有为是广东人，富于革命性的孙中山也是广东人，富于物质主义商买性质的梁士诒是广东人，富于理想主义的刘师复也是广东人……"从品性上来说，杨匏安作为极富于革命主义的广东人，有着极为严苛的自我要求，他修身养德，塑造了一个革命者的大格局！杨匏安与李大钊有着"北李南杨"的美誉，两位马克思主义的先驱拥有诸多共同点，他们收入的"高薪"大都捐给了革命事业。可惜的是，两位先驱最后都牺牲了！

回到1924年，冬天，孙中山受冯玉祥等人邀请，扶病北上，希望争取和平解决时局、实现国家统一的可能性。结果，陈炯明以为大元帅府群龙无首、有机可乘，遂自封"粤军"总司令，纠集3万余人，图谋进犯广州。孙中山期冀的革命成功何其艰难！

1925年2月，广州革命政府组建左中右三路大军，开始第一次东征。右路军由黄埔军校两个教导团和粤军许崇智部组成，周恩来任政治部主任。滇军杨希闵为左路军，桂军刘震寰为中路军，他们名义上打着拥护国民革命的旗号，暗地里心怀鬼胎，两人都留在了广州，声称由所属驻惠州部队进行东征作战。

在准备组建东征大军时，杨匏安受周恩来指示，挑选了一批党团员作为战地政治宣传员随军，为东征部队战服印上“爱国家、爱人民、不贪财、不怕死”的口号，极大地鼓舞了东征士气。同时，杨匏安利用国民党中央组织部和广东组织部负责人的身份，派人组织东征沿线工人、农民、商人配合作战，以致当时就有报载：“革命军所到之处，人民乐于贸易，自愿帮助运输并代做侦探工作，所以作战顺利，一战即克服东江。”

东征队伍出发后，陈延年召开广东区委会议，杨匏安表达了自己的担忧：“目前局势下，我们需防范留守广州的杨刘军阀的队伍，他们向来处处与我党作对，我以为需要在广州建立区委秘密指挥部，以策安全!”

英雄所见略同。陈延年闻言，眼神一亮，大笑道：“我们不仅要建秘密指挥部，更要加紧发展和训练工农武装力量，密切监视杨刘部队的动向!”陈延年当下拍板，由杨匏安负责秘密指挥部筹建，杨殷负责情报收集，赵自选负责训练武装力量。

杨匏安立即去见了康若愚、黎宝书夫妇，他们在芳村一个杨桃园内创办有自己的小农场永乐园，极适合建立党的秘密指挥部。黎宝书、康若愚在杨匏安帮助、影响和启发下，先后走上革命道路，知道杨匏安正在找一个隐秘据点，便主动提出可以设在永乐园。此处位于广九、广三、粤汉三铁路中心地带，交通便利，方便就近组织革命力量，必要时还可夺取和控制重要交通干线。

杨匏安又去见了廖仲恺，提醒他采取相应防御措施。廖仲恺派人在广州河南江岸士敏土厂临时设立秘密办事处。两处秘密联络点保持密切联系，及时互通消息。此后，杨匏安往返于永乐园与士敏土厂之间，一边与陈延年、杨殷、赵自选研究布置工作，一边把新的情况向廖仲恺通报。他身兼数职，在国民党中央组织部、中共区委秘密指挥部和代理大元帅府之间来回奔走。

1925 年 3 月 12 日，孙中山在北京逝世，由谭平山、杨匏安等人负责国民党中央追悼大会的筹备工作。三天后，广州第一公园内，一万多人隆重悼念孙中山先生。大家发誓，继承革命遗志，继续进行国民革命。

此时，东征节节胜利，广州这边却再陷危机。杨希闵、刘震寰本为滇桂军阀，受孙中山影响前来参加国民革命，驱逐陈炯明叛军。他们联手打下广州后，就地驻扎，将大部分军事要地和税收掌控在自己手中，控制着广州革命政权最主要的经济来源。孙中山在广州时，他们表现得比较老实；孙中山离粤后，他们露出本来面目；孙中山刚逝世，他们就明目张胆地在广州海珠岛建立司令部，与英帝国主义勾结，意图颠覆广州革命政府。5 月间，杨希闵、刘震寰以“滇桂军全体国民党员”名义散发传单，叫嚷要“反赤化”，杨希闵还发出讨伐通电，叫嚣“不容彼辈摇共产流毒于社会”，用心极其险恶。

中共广东区委紧急决策，成立革命委员会特别处理此事，要求组织宣传活动揭露杨、刘发动叛变的阴谋，并命广州近郊农民自卫军秘密集结待令，还与国民党左派领袖商议以采取一致行动。廖仲恺、谭平山、杨匏安组织召开国民党中央会议，部署平定叛军的计划。同时，开展政治宣传攻势，揭露杨、刘图谋不轨的反革命罪行。叛军在广州公开叛变后，平叛指挥部迅速成立，以廖仲恺为总指挥。

6月间，杨、刘武装先后攻占省长公署、粤军总署和财政厅等政府机关。由于国民革命军兵力有限，杨匏安受广东区委指示，告诉从前线返回的廖仲恺，广州近郊有农民自卫军近千人已集结待命，可以参加战斗。廖仲恺立即以广州革命政府名义，向市郊农民请兵，为革命大本营赢得了调兵遣将的时间，东征军迅速回师平叛。

与此同时，中共广东区委发动广三、广九、粤汉三铁路工人罢工，切断叛军电源和电话线路。电船、民船工人也宣告罢工，叛军无法迅速调动军队，也无法获得军械，受到沉重打击，陷入广大人民群众的包围之中，滇桂两大军阀很快被击溃。

这是不平静的年月。这是动荡与革命的时代。这是中国历史上极其黑暗的一页。英国巡捕于5月30日在上海南京路上对抗议工人、学生和市民实施大屠杀，打死13人，打伤数十人，制造了震惊世界的五卅惨案。在中国共产党的号召和领导下，罢工、罢课、罢市此起彼伏。五卅惨案发生后第二天晚上，中共广东区委召开党员大会，决定领导广东人民开展声援上海人民的斗争，陈延年、邓中夏决定进一步发动省港两地工人开展罢工，打击帝国主义的嚣张气焰。

当时，中国共产党在香港工人中的力量比较薄弱，香港的进步力量零散分布。在港英当局殖民主义的统治下，党团都处于秘密状态，给发动组织群众增加了困难。不过，香港140多个工会团体，虽大多被资本家、封建把头操纵，但也有改善生活的迫切愿望，具有反抗精神。经过邓中夏、苏兆征联络香港各界，香港工人基本被动员起来，不过，统一罢工后的出路问题、回广州的食宿问题没有解决，部分工人持观望态度。这些问题需要得到广州革命政府的支持才能解决，邓中夏从香港回到广州，找陈延年、杨匏安商量如何解决这些问题。杨匏安、邓中夏马上与廖仲恺商谈国共合作发动省港大罢工的具体事项。

廖仲恺表示，工人的食宿可由中华全国总工会统一安排，广州革命政府会尽力提供条件帮助解决。同时委托杨匏安作为他的代表去香港一趟，杨匏安毫不犹豫地答应了。在支援东征、平定叛乱的过程中，杨匏安受到了革命斗争的锤炼，也展现出不凡的斗争手段。行前，陈延年特别对杨匏安表示，去香港要大胆出击，小心行事！

中共中央广州临时委员会、中共广东区委和中华全国总工会作出决议，由邓中夏、苏兆征、杨匏安、黄平、杨殷 5 人组成党团，作为发动罢工的指挥机关。杨匏安随邓中夏一起前往香港，找到自己的老朋友、当年海员大罢工的骨干、中华全国总工会执行委员戴卓民，戴将杨匏安、邓中夏二人安排在自己家中居住。

鉴于香港各工会的复杂情况，杨匏安以国民党中央农工部部长、广州革命政府财政部部长廖仲恺代表的身份开展动员工作，他深入香港各工会，从上层领导入手，召开一个由各工会领导核心成员参加的全港工团代表联席会议，商量解决罢工的具体问题。在会上，杨匏安痛斥帝国主义肆意屠杀中国人民、破坏中国领土主权的罪行，表示广州革命政府会全力支持罢工，还代表廖仲恺表示会全力资助解决工人关心的食宿等具体问题，并已经在广州海员俱乐部设立接待处，在广东很多地方也设立了接待站，他以此表明国民党左派态度，对工会上层头目更有说服力，也坚定了工会领袖对罢工和回省的信心。

6 月 19 日，香港海员工会、电车工会和印刷工会率先罢工，其他工会随即响应，最终实现了全港大罢工目标。广州沙面洋行工人和广州市内各洋行工人也配合香港工人于 21 日开始罢工，省港联动，波澜壮阔。

4天后，广州市各界和港澳各团体10万余人，在广州举行五卅惨案追悼大会，会后举行反帝大游行。当游行队伍经过沙基时，遭到英国士兵开枪扫射，当场死亡52人，重伤170余人，这就是震惊全国的“沙基惨案”。五卅和沙基两次惨案都由英帝国主义造成，就死伤人数而论，沙基惨案更是大大超过五卅惨案。这无异于表明，英帝国主义根本不在乎中国人民的反帝斗争，甚至向正在熊熊燃烧的中国反帝烈火再浇上了一桶油。一场新的罢工风暴席卷香港、广州，20余万名香港工人悉数投入罢工行列。他们冒着生命危险，突破重重封锁，步行到深圳或绕道澳门回广州。

为阻挠罢工，港英当局派出大批警察四处搜捕所谓“罢工煽动者”，只要有三五个华人聚在一起，就会被认定为“煽动罢工”或有“不法行动”而遭到逮捕。7月1日晚上，杨匏安、戴卓民正在家中商量罢工善后问题，一批港英警察破门而入，将两人逮捕。实际上港英当局并没有掌握杨匏安所谓“煽动工潮”的证据，他提出抗议，要求港英当局恢复其自由，得以无罪释放，结果出门时又被逮捕回去。

港英当局华民政务司进行讯问，他们称杨匏安受广东政府指使，来香港“宣传赤化”，杨匏安义正辞严回答：“我不是什么赤化，也不是什么广东政府主使，也与风潮无关，然而我却不赞成英国人这种野蛮的残杀！”港英当局没有证据，只得将杨匏安关押了50天，到8月20日才释放。

那天，省港罢工委员会正在开会，中华全国总工会执行委员兼组织部部长李启汉（李森）正在会上作报告，得知消息，他立即以无比喜悦的心情告诉大家：“杨匏安先生为这次罢工很出力的人，后和戴卓民君同被港政府捕去，现被押出境，已由澳门转赴前山，一二日内便可来省。我们加入这位有力的助手，更容易操胜算了。”会场响起热烈的掌声和欢呼声。

省港大罢工的组织工作，完备而且严密，邓中夏曾称：“我们的组织如此完备，差不多同政府一样组织，实真像一个工人政府的雏形。”罢工委员会几乎每天举行一次会议。8月25日的一次会议，专门设了一项“欢迎苏俄全国总工会代表并欢迎杨匏安先生出狱”的程序，杨匏安并未出席，只请人转达了对工人的敬意，并说一定加倍努力，坚决斗争。

此时，杨匏安正陷入失去革命战友的悲痛之中，他出狱当天，廖仲恺在国民党中央党部门口突遭凶手杀害。杨匏安一回广州顾不上其他，径直来到廖仲恺灵前追悼，在廖仲恺夫人何香凝前顿足落泪。

中国共产党人开展声势浩大的追悼廖仲恺、追缉凶手、清除内奸的政治宣传运动，号召全国人民继承廖仲恺的革命精神，将国民革命进行下去。杨匏安与周恩来等共产党人参加了广州国民政府组织的“廖案检查委员会”，积极查明廖案真相。杨匏安还与李章达、谭桂萼组成“廖案审判委员会”，负责对案犯的侦查与审讯工作。

8月27日，杨匏安出席省港罢工委员会第十八次代表大会，在发表演讲时，全体工人代表一致起立，向他行一鞠躬礼，以表敬意。杨匏安在演讲中充分肯定了广大工人的牺牲精神，痛斥“帝国主义者的狠心毒手”，希望工会组织更加“灵敏而坚固”。对于廖仲恺惨遭杀害一事，杨匏安无比悲痛地说道：“几乎我们都被刺一样。”他勉励工人们努力奋斗，继续廖先生的遗志。在讲话中，杨匏安只字未提在香港狱中的遭遇。

1925年9月，国民党中央决定组建广东省党部，并筹备二大。这时，毛泽东再次来到了广州，当时湖南与广东交通不便，毛泽东一路辗转，从长沙坐火车到株洲，再坐船到衡阳，然后开始步行，路经资兴、耒阳、郴州、宜章等地，一路走到韶关，这才乘上火车抵达广州。

毛泽东一路劳顿，到广州后身体极度虚弱，杨匏安利用驻国民党中央党团副书记及国民党中央组织部秘书这些有利身份，将毛泽东送到东山医院疗养："润之兄，你一路上舟车劳顿，辛苦了！身体是革命本钱，你且在医院好生休养！"

毛泽东对杨匏安这位在国民党身居要职，却始终生活俭朴、廉洁的战友也颇为欣赏，对他说道："是啊，我们共产党人干革命，德智皆寄于体，我们有了强大的斗争意志，还需更加野蛮自我体魄才行！"

不久，毛泽东、谭平山、杨匏安一起参与国民党广东省党部和国民党二大筹备工作。在10月间，毛泽东开始主持国民党中央宣传部，代理宣传部部长，他深入调查研究，制定宣传工作方案，创办报纸杂志，秘密发展交通局和交通站，建立图书资料室，以革命的精神改造国民党。毛泽东还为国民党广东省第一次代表大会起草宣言指出，在中国，五卅运动之后，革命与反革命两大势力对垒激斗的情形，实为历史所仅见。宣言号召广东的人民、全国的人民起来，团结革命战线上的一切势力，向反革命战线进攻。

在这次大会上，杨匏安当选国民党广东省党部执行委员，后又被选为广东省党部常务委员及组织部部长。他在国民党内兼中央组织部秘书和广东省党部常委及组织部部长三职，在共产党内则是中共广东区委监委副书记和驻国民党中央党团副书记。他以这样的身份组织调配各方力量，先后组织数以千计的骨干投入东征、南征的队伍中，在炮火中制造革命人才。

1926 年初，革命军东征、南征胜利，统一并巩固了广东革命根据地。共产党人和国民党左派意图将革命发展到全国，完成孙中山北伐、统一中国的遗愿。而此时，国民党内部分化出反对阶级斗争的新右派，蒋介石是新右派核心人物。那么国民党和国民政府将向何处去，又面临着严重的斗争。

毛泽东、陈延年、周恩来、谭平山、林伯渠、杨匏安等共产党人对国民党二大都非常重视，希望借此确定革命势力在国民党中央和国民政府中的优势及领导权。

1926 年 1 月，国民党二大在广州召开。本来，与会的共产党代表占据了三分之一，国民党左派也占三分之一，两者占据了优势地位，不过由于陈独秀和共产国际代表选择妥协退让，选出的 36 名中央执行委员中，共产党员只有谭平山、林伯渠、李大钊、于树德、吴玉章、杨匏安、恽代英 7 人，24 名候补中央执行委员中，只有毛泽东、董必武、邓颖超等 6 人，反而让很多新老右派成为中央委员，这一定程度上成为日后大革命失败的关键因素之一。

杨匏安在国民党二大上作了关于“廖案”清查情况的报告，说明审判遇到困难，提请大会协助。何香凝在 1957 年回忆说：“中共党员杨匏安，他是很积极认真地追查廖案凶手的。”可惜“廖案”追查最后不了了之。

在国民党二届一中全会上，杨匏安与谭平山、林伯渠一起被推选为中央执行委员 9 名常委之一，他们同时还担任了中常会秘书处的秘书。

此时，蒋介石勾结广州新老右派四处散播谣言，大肆挑拨国共关系。蒋介石借清查“廖案”幌子不断扩大自己实力，政治野心迅速膨胀。1926年3月20日，蒋介石制造“中山舰事件”，在广州实行戒严，事件打击主要对象是苏联顾问、黄埔军校内的共产党及省港纠察队，以夺取领导权和控制国民党。

毛泽东、周恩来、陈延年、谭平山、林伯渠、杨匏安等在广州的共产党人主张对蒋介石进行反击。毛泽东问周恩来，如果反击，军事力量如何？周恩来答道：黄埔有500多名共产党员，军事力量可以反蒋！而且，只要我们强硬，国民党左派是会拥护我们反蒋的。

杨匏安的母亲见过蒋介石，曾对杨匏安说：“蒋介石是个滑头仔，你们可要小心他。”因此他对蒋介石的做法非常警觉，同意反击。

当时，苏联有一个代表团正在广州访问，在处理中山舰事件时，虽然处于重要决策地位，但主张妥协，因此，中央局也采取了退让态度。蒋介石通过制造中山舰事件，进一步扩大了势力、提高了地位。

不久，蒋介石又炮制“整理党务案”，进一步削弱和打击共产党在国民党内的力量。开会前一天，蒋介石召见谭平山等人，威胁共产党人不要在会上“闹事”。毛泽东、谭平山、林伯渠、杨匏安、恽代英等人坚决反对这些规定。由于中共中央执行委员会的代表、共产国际代表接受了这个提案，谭平山、毛泽东、林伯渠等辞去了在国民党中央担任的部长职务。

救国救民之路，曲折而漫长。此时，杨匏安担任国民党中央常务委员，兼任广东省党部常务委员和组织部部长。他尽一切努力抵制国民党右派势力，力所能及地进行国共合作的工作。他展现了一位铁血文人的风骨，对蒋介石排斥打击共产党人和国民党左派人士、安插自己亲信的行为，进行了针锋相对的斗争。

这年10月，国民党召开联席会议。杨匏安和于树德、毛泽东、吴玉章、恽代英等共产党人与宋庆龄、何香凝等国民党左派出席会议。新老右派此时已经相互勾结，破坏革命统一战线、破坏革命，对此，毛泽东等人据理力争，通过了一些有利于革命的政纲……不过，革命小有胜利，敌人转瞬便又乘隙而起。如鲁迅所说，世事也仍然是螺旋，广州一时做“革命的策源地”，转眼又成为“反革命的策源地”，于是人们便看见许多血和许多泪了……

7. 饮马长江

1926年4月底，王荷波、张佐臣等吹着凉爽的海风，进入广州，前来参加第三次全国劳动大会。在这次大会上，王荷波以及杨匏安、许白昊、张佐臣这3位后来牺牲在上海龙华的中央监察委员相聚相识。根据广东区委安排，杨匏安向出席此次大会的共产党员通报了中山舰事件，分析了国共两党的形势，指出新右派掌握权力蓄意破坏革命的现状，他号召党员代表回到全国各地后，大力发展党员，壮大革命力量！杨匏安相貌清癯，额头高阔，戴着眼镜，举止肃肃如松下风，言行里不时显露出铮铮风骨。王荷波、杨匏安、许白昊、张佐臣都是胸有丘壑、眼存山河的共产党人。自然而然，他们也互相结下了简单而纯粹的革命友谊。

当时，叶挺独立团刚刚誓师出征北伐，周恩来接见了叶挺部队并鼓励他们"饮马长江"，代表们从报章上看到这则新闻都恨不得纵横沙场……

街上，有凤凰花绽开，好似巨量的晚霞落在树枝上，一众代表无不被凤凰花所惊艳。火红的青春、红色的浪漫，在广州，张佐臣和周月林两位代表也难得享受了一下青春的柔情。在二月罢工中，19岁的张佐臣认识了同样年纪的周月林。周月林祖籍浙江宁波，出生于上海一个渔村，9岁时进了一家纱厂拣纱，17岁到日资恒丰纱厂做工。1924年杨之华、张琴秋创办杨树浦平民学校，周月林和纱厂女工一起入学，此时，张佐臣在沪东工人进德会学习革命道理。那时候，他们都听过同样的课："富人坐在家中吃鱼肉，农民劳苦作工喝薄粥。富人哈哈笑，农工个个哭，不分东南和西北，富人笑穷人哭。”他们的阶级觉悟受到同样的启发。

罢工期间，周月林在浦东参加演讲、募捐、散发传单，认识了罢工领导者之一张佐臣。张佐臣平时沉默寡言，但作演讲时，往往出口成章，极富魅力。周月林后来转到进德会来上夜校，并由蔡之华介绍入党。到了五卅运动时，张佐臣和周月林常常一起工作，纯洁的友谊、共同的追求，很快在他俩之间架起了爱情的桥梁。不久，两人结婚，在大康纱厂附近居住。

第三次全国劳动大会上，张佐臣再次当选中华全国总工会执行委员；回到上海，他当选中共上海区委委员、上海总工会常务委员等职务，繁忙的革命工作常常使他们夫妻各奔东西，聚少离多。当时，周月林担任中共上海曹家渡部委妇女部部长，不久受组织派遣，到法租界上海总工会机关做秘密交通员，在总工会委员长汪寿华领导下，保管党和工会的文件。这样，张佐臣夫妻相聚的时间更少了，可革命尚未成功，他们自然也无心花前月下。

那时候他们觉得自己都年轻，张佐臣把时间都投入了革命工作。他先后在上海总工会第四办事处、中共浦东部委、中共南市部委任职，并担任常驻小沙渡、曹家渡的上海总工会代表，工人群众亲切地称他为“张大哥”。

1926 年 9 月，北伐战争摧枯拉朽，革命形势迅猛高涨。为加强党对上海周边工农运动的领导，发展革命形势，上海区委派张佐臣作为“得力同志”前往无锡，任中共无锡独立支部书记。

此时，周月林已经怀有 6 个月的身孕，被上海党组织派往苏联，入海参崴党校中国班学习。张佐臣和周月林一个前往无锡，一个远赴苏联，一别竟成永诀！1927 年 1 月 13 日，周月林在苏联生下她和张佐臣的女儿，并起了一个俄文名字：伊斯克拉，意为“火星”，取“星火燎原”之意，期盼她做“革命火种”，中文名则叫忆霞。1931 年周月林与第二任丈夫梁柏台回国，忆霞被送到莫斯科南郊一家儿童院，后来下落不明。

留在国内的张佐臣此时身着长衫，与严朴等同志来到无锡南市桥巷，与党组织接上关系。轰轰烈烈的上海工人运动席卷全国，靠近上海的苏浙一带影响尤深，无锡也不例外。无锡由于地处沪宁线中段，近代工业发达，商业繁荣，有 10 万名产业工人，当时被称为“小上海”，有一定革命斗争的基础。

中共无锡支部是一个年轻人的组织，这年张佐臣 20 岁，秦起 19 岁，安友石 22 岁。一到无锡，张佐臣召集支部成员商量工作。他介绍了上海革命斗争的情况，说道：“这两年上海的革命形势发展得很快。去年二月罢工和五卅运动付出了一些牺牲，但也极大地打击了帝国主义的嚣张气焰。现在北伐军已经正在长江流域发展，无锡要做好策应，我准备找一家工厂去做工作，不知大家有什么建议！”

茂新面粉厂支部书记秦起闻言说道：“上海工人运动狂风暴雨一般展开，给了无锡党的组织很大鼓舞，这两年已经在一些工厂建立了党小组、党支部，像我所在的茂新面粉厂就有了支部。目前，无锡的纱厂形成了一支比较强的力量，工人斗争也时有发生，只是还需要进行组织！”

“很好！我本人就是从纱厂开始走上革命道路的，那我就去纱厂发展党的力量！”第二天，张佐臣脱掉长衫，换上工装，通过秦起的关系，进无锡申新纱厂当了一名机匠。进厂后，张佐臣凭自己掌握的技术很快站稳了脚跟，并利用机匠工作之便，在纱厂中广泛接触群众，宣传革命。

无锡纺织工人队伍多年来受苦受难，仿佛一堆干柴，只要有火种去点燃，就能烧起反抗剥削压迫的熊熊烈火。一次，他对申新三厂的工人们说："我们一天做16个小时工，连牛马都不如，牛马还有得休息，你们说为什么工人们的生活这样苦呢？这不是我们的命运，而是受到了资本家的压迫。因此，我们工人应该联合起来，跟资本家斗争。"

他向工人们介绍上海工人进行斗争的事迹和经验，大家听后，纷纷摩拳擦掌说："上海工人能做到的，我们无锡工人也能做到!"张佐臣的启蒙、教育，在工人们心中点亮了一盏盏明灯。

无锡缫丝工业比较发达，有着两万多名工人，缫丝工人每天要在滚沸的热水中抽取茧丝，就这样他们需要工作10多个小时，常常皮开肉烂，可是每日工资只有8分到1角几分，生活非常贫困。当时流传着一首民谣：

湖丝阿姐真苦恼，
鸟叫做工到鬼叫，
浑身疼痛骨头酸，
管车的皮鞭还要敲。
湖丝阿姐真苦恼，
天天冷饭开水浇，
破烂衣衫难遮身，
身上全是茧味道。

当时，无锡丝业工会正酝酿举行争取缩短工时、增加工资的罢工游行。张佐臣召集支部开会，与秦起一起领导这次罢工，19家丝厂2万余名工人持续9天9夜的罢工，取得了每天缩短2小时工时、工资略有增加的成果。

罢工胜利后，张佐臣又深入广丰等厂接触工人，开展宣传教育，把革命真理送到群众中去。他请求党组织由上海寄来一些书籍，分赠给工人阅读。同时，他经常在工棚里召集工友们一起“谈天说地”，从工人天天经历的事件入手，讲解革命道理，启发他们的阶级觉悟。

经过一段时间培养、考察，一批优秀分子被吸收入党，增强了无锡党的力量，后来成为秦邦宪（即博古）妻子的刘群先就是在这时加入中国共产党，她对与张佐臣的接触有一段回忆：“当我在工厂做了六个月以后，遇到了一个共产党员，他原来是上海的机器修理匠。当时，我们厂里没有党组织，此后，我继续跟这个从上海来的共产党员接触。他对我非常好，我不懂得共产主义的真实意义，但我喜欢共产党员的行为。他拿书给我看，对我说，这些是很好的书，你无论在什么地方都买不到，因此你要绝对保密……”

由于张佐臣等人卓有成效的工作，无锡党组织有了很大发展。张佐臣来无锡一个月，中共无锡独立支部党员由 15 人发展到 50 余人。

节节获胜的北伐军逐渐接近江南。10 月 17 日，中共上海区委召开外埠负责同志会议，张佐臣作为无锡独立支部书记参加了会议。上海区委要求各级党组织积极行动起来，准备迎接北伐军。

这时，由张佐臣介绍入党的严朴变卖家产，创办了私立江苏中学。张佐臣自上海开会归来，离开纱厂，到江苏中学任教，以教员身份为掩护，秘密进行革命活动。他和严朴夜以继日，在学校内研究工作，接待城乡同志，召开重要会议，江苏中学成为当时无锡党组织举行秘密活动的重要地点。

不久，中共无锡县委正式成立，张佐臣担任县委书记，他以无锡为中心向四周推进工农运动，无锡地区党的力量得到迅速发展，党支部从原来的5个发展到10个，党员发展到147人。这年11月，无锡职工运动委员会成立，张佐臣担任主要负责人。

为响应北伐，做好思想上、组织上的准备，中共无锡县委在惠山宝善桥蔡家祠堂召开由申新、振新、广勤、业勤、广丰、豫康等6家纱厂工人代表参加的大会，张佐臣作了充满激情的报告。他讲述了令人鼓舞的政治、军事形势，号召工人们团结起来，不失时机地声援北伐；他庄严宣布工人要成立自己的组织——工会，理直气壮地同资本家作斗争。

1926年冬，无锡支部决定在城区、工厂、街道张贴标语传单，扩大政治影响，扰乱敌人。张佐臣把写好的标语交给申新三厂的工人，由他们出面去张贴。工人们接到任务后，冒着严寒，分头行动，从工厂区、新县前衙门的照墙，一路贴到西门伪警察分局。这些标语吓得敌人心惊胆战，无锡人民则深受鼓舞。

转眼已是1927年，这是一个不寻常的年份。1月，无锡县总工会在西门棚下街后的马甲弄1号内秘密成立，张佐臣兼任总工会秘书长。

2月，中共上海区委召开第一次全区党员代表大会，张佐臣出任5人主席团成员，并当选为中共上海区委委员，兼任政治问题委员会委员、工人问题委员会委员、提案审查委员会委员。也就在这个月里，中共上海区委将无锡、江阴、常州、苏州等地党组织合并为无锡地委，张佐臣任地委书记，委员有秦起、高大成、安友石、严朴等人。

北伐军逼近无锡，张佐臣在惠山宝善桥蔡家祠堂召开了申新纱厂等厂工人代表大会，组织了工人自己的武装——工人纠察队，这是无锡党组织掌握的第一支武装。为阻止被北伐军击溃的军阀部队逃跑，张佐臣、秦起带领纠察队分别在周泾巷、南门旗站、北门皋桥等处破坏路轨，并倾覆了一辆军用列车，造成沪宁线瘫痪，有力地支援了北伐。

3月21日，北伐军抵达无锡，张佐臣组织工农群众前往县桥迎接，同时动员全县工人实行总同盟罢工，组织工人纠察队维护社会秩序，无锡成了一片胜利的海洋。无锡城中图书馆的钟楼上，一面鲜艳的红旗正迎风飘扬！

当天，此前秘密成立的无锡总工会对外公开，在崇安寺大雄宝殿正式办公。秦起担任总工会委员长，为便于领导活动，张佐臣化名张鹏、张人杰，兼任总工会秘书，他利用这公开的职务，更加频繁地为革命奔走。

第二天，中共无锡地委在火车站旷地上召开军民联欢会，有10万名群众参加，会场上竖起高高的彩牌，“欢迎北伐军”的横幅在阳光下飘动。张佐臣站在彩牌楼下，眼里闪烁着喜悦的神情，用带着宁波腔的上海音对挤到身边采访的新闻记者说道：“这次大会是欢迎北伐军的大集会，是工农力量的大示威！”

此时，无锡的革命斗争更加风起云涌，相继爆发群众革命运动。3月23日下午，无锡总工会召开代表大会，张佐臣总结研究了总同盟罢工的情况。3月30日下午，张佐臣和秦起主持召开德兴、五丰丝厂女工和其他一些工人代表参加的会议，要求厂方改善工人待遇问题，提出10余条意见，由总工会负责发函，要求厂方照办。同时，他还亲自调解、处理丽新纱厂、人力车夫行业的劳资纠纷，帮助工人解决困难，使工人群众真正体会到总工会是为自己说话、办事的组织。无锡总工会的队伍不断扩大，威信日益提高，成为当时无锡工人运动的指挥和活动中心。

4月12日，蒋介石在上海发动反革命政变。凌晨时分，停泊在上海高昌庙的军舰上空升起信号，大批武装流氓、特务军警从租界冲出，向上海总工会和各区工人纠察队发动突然袭击。当工人群众奋起抵抗时，国民党第26军周凤岐部借口调解“工人内讧”，强行解除了上海2700余名工人纠察队员的全部武装，纠察队仓促应变，死伤300余人。

4月13日，上海工人举行总罢工，10万余名工人、学生和市民集会抗议，会后到宝山路周凤岐部请愿，提出“发还工人纠察队枪械、释放被捕工人、严惩祸首、肃清流氓”等要求。当请愿队伍行至宝山路时，突然遭到蒋介石军队武装袭击，100多人牺牲，伤者不计其数。蒋介石随即下令解散上海总工会，查封革命组织，捕杀共产党员和革命者。在其后两周内，超过5000人被枪杀或失踪。

革命遭受的挫折，使张佐臣心情沉重，但他坚定地对工人们讲：“无锡也要变了，这是蒋介石叛变革命的阴谋，我们要挺起胸来，做好迎接最艰巨斗争的准备。”

张佐臣抓紧时间找申新等厂工人谈话，要求他们搞好团结，注意隐蔽革命力量。他两次召集党团骨干会议、地委会议，对与会同志说：“我们要挺起胸来，做好迎接艰苦斗争的准备，同时也要抓紧时间，组织隐蔽。”

果然，国民党反动势力对无锡共产党组织进行登报通缉，开列了各人悬赏，对张佐臣悬赏200元。4月14日深夜，国民党军警袭击总工会所在地崇安寺大雄宝殿，秦起身先士卒，“誓与总工会共存亡”，他率领工人纠察队员顽强抵抗，终因寡不敌众负伤被捕，当夜就被秘密杀害，遗体被装入麻袋，沉入河中。

秦起，原名秦锡昌，走上革命道路后他把名字改为秦起，以示自己奋起斗争的决心。“侬伲青年要做一个革命的英雄，要为革命事业奋斗到底”，这是秦起烈士的遗言！

他留下的一张照片，是在入党后不久拍摄的，上面工整地写着他的誓愿：

> 是大逆不道者，
> 是不识时务者，
> 处万层束缚之下偏要挣扎者。

这是他的革命宣言，如横空出世的太阳般决绝！

秦起被杀害当晚，地委机关正在沈荣巷口开会，总工会被袭击、秦起牺牲并被沉尸江中的消息传来，张佐臣无比心痛，心痛战友的牺牲，心痛一颗比自己还年轻一岁的革命新星就此陨落。但是，他知道，革命者的战斗，还将继续，他不能悲伤，只能奋起！

8. 春日江山

杏花烟雨江南，烽火红旗街上。

在前两次起义失败后，上海工人第三次武装起义，以一场酣畅淋漓的胜利，开光明的花，结幸福的果，树起了大革命时期工人运动的最高峰！

上海工人第一次武装起义酝酿于1926年夏秋时节，当时国民革命军北伐逐渐推进到长江流域，工农群众运动掀起阵阵高潮，6月到9月间，上海工人连续举行了多次罢工。中共中央更是特别强调："上海以自治市的运动发展各阶级反抗军阀统治的联合战线。"

到了10月间，中共中央和中共上海区委召开会议时，陈独秀就表示："1925年秋天，浙江督军孙传芳突然袭击江苏奉军，一二日后就占领了上海。当时有同志跟我讲，下次上海发生战争，我们应有准备，把败退兵士的枪械缴下来，自己武装，再同得胜的军阀说话！这次我们就要发动上海工人与军阀对话了！"

"一言以蔽之，非组织民众暴动不可！"上海区委书记罗亦农斩钉截铁说道。罗亦农有魄力，有胆量，完全改变了上海区委以前的作风，喜欢大刀阔斧地斗争。

"这次对话行动，要对孙传芳进行彻底打击，使他南北受敌、首尾无法相顾！建立一个由上海人民自治的上海。"陈独秀果断下达了上海工人第一次武装起义的任务目标。

10月20日，根据中央决定，中共上海区委下令，组织工人纠察队为战斗小组。杨培生心情激动，立即召集祥生船厂工人纠察队做好准备。为了便于和对岸同志联系，杨培生伪装成一个卖香烟的小贩，住在黄浦江边一个矮屋里。23日，上海总工会下令于第二天凌晨发动起义。晚上，各支纠察队和工人群众枕戈待旦。不料，由于有人泄密，当局加强了防范。24日凌晨，起义信号迟迟没有动静，夜间集中待命的纠察队员纷纷散去。

据郑超麟回忆，当时停在高昌庙的兵舰上有共产党人，陆地也有相当部署，可是凌晨时海军开了几炮，陆地响应不起来，起义以失败告终。浦东吴家厅工人起义指挥部等机构被破坏，陶静轩、奚佐尧等共产党人被捕牺牲。

一些投机分子看形势不好退出了党的队伍，党员数量一度锐减。在恶劣的环境下，杨培生没有退却，反而更积极地做好党组织的工作。时任中共浦东部委妇女部部长施小妹在起义后找到杨培生询问经过，杨培生耐心地劝解她："银弟（即施小妹）同志，这次起义因为准备工作做得不太好，失败了。但是革命才刚刚开始，不要泄气。无论前面有着多大的危险和困难，我们共产党人在任何情况下不能失去信心。"

为了准备第二次更积极而有计划有组织的暴动，这一年底，上海总工会在杨树浦、引翔港、小沙渡、曹家渡、浦东、吴淞建立了区工联；1927年初又将杨树浦、引翔港两个区工联并为沪东区工联；小沙渡、曹家渡两个区工联并为沪西区工联，并增设南市、闸北等8个区工联，杨培生被推选为南市区工会联合会主任，工作重点是江南造船所。

南市区下辖的旧中国创办最早的企业——江南造船所，是我国历史最久、规模最大的近代企业之一，在近代造船工业中占据十分重要的地位，当时规模较大的上海英联船厂也比它逊色。党组织委派杨培生深入江南造船所，加强对工人运动的领导。

当时江南造船所工会还未建立，为了更好地组织工人活动，杨培生找了一部分积极分子参加南市区的地下工会活动，一些参加过此活动的老工人后来回忆：“我们的工会是南市几个工厂的工人暗地里联合组织的。哪些人参加，一共有多少人，谁也不知道。我们经常在深夜秘密开会，会议的内容是号召大家组织工会，提高工资，打倒军阀，打倒帝国主义。工会通知开会时只有人暗地里通知你，你也不知道他叫什么名字。开会时，没有灯火，只看到密密麻麻的一大堆人，谁也不知道谁是张三李四。领导我们开会的就是杨培生同志。”

1927 年 3 月，江南造船所职工会成立，杨培生亲自主持大会，并发出了江南造船所职工会成立宣言：“今日是我们职工会成立的第一日，我们对于此日，实在是痛定思痛。回想起十余年来，被军阀所唆使的官僚式的所长威胁逼迫，剥夺我们的自由，阻遏我们的运动，把江南造船所当作他的私产一般。亲戚党羽，分居要位。对外人竭力恭维，以求营业的发展，以遂其卑鄙牟利的野心。每年红利，所长独得万余元，亲戚党羽都满载而去，我们终日营营辛苦的职工人员，倒一文不获。八小时工作是国际协定，万国一例的，上海各工厂也都采行普遍，彼竟悍然不顾，强迫工作九小时。尤其令人切齿痛恨的，是订造美舰工程，不惜丧权辱国，替帝国主义者声张爪牙，造舰侵略我们长江流域各省。这一层我们是一致根本反对的。至于以海军伟大公有产业，供给孙传芳、杜锡珪充作延长内乱的军费，种种腐败专制的手段，实在是不胜枚举。我们为改造现局起见，为谋自身问题彻底解决起见，早有组织奋斗的决心，无奈受对方的压迫，始终不能成立，但我们所采取的态度是永久不变的。最近直鲁联军第八军来沪，派人接收造船所，借作筹饷地步。邙所长因其弟被拘，听说是已经赞成移交了，并且勾结该所法律顾问牛耳及毛根（已革职英人工程师），包办交代，不惜把海军伟大的产业，舰队命脉精神所寄，多数人惨淡经营通力合作的事业，卖与军阀，以作乃弟的赎金。我们到现在实在是忍无可忍，特联合组织群起反对移交，保留造船所一线的命脉，以作将来国家统一时，振兴新海军根本的大计，特此宣言。”

3月22日，《申报》刊载了这篇宣言。这是江南造船所工人多年来第一次公开反对官僚统治和帝国主义侵略的宣言。这篇宣言讲到了江南造船所工人的心坎里，他们在杨培生组织的读书、讲故事、文艺演出等活动中迅速成长起来，仅在锻工车间就有几十个青年学徒参加了社会主义青年团。一名老工人回忆称：“厂里的工会组织起来后，我们锻工车间的一批青年学徒也很活跃。包工老板便拿停生意来吓唬我们。我们被激怒了，便去找杨培生同志申诉。他便动员我们参加共产主义青年团，以便团结起来同包工老板斗争，还派了一个姓王的同志来帮助我们建团。”

在此之前，北伐军于2月进抵嘉兴，北伐烽火触及上海。上海区委召开会议，决定搞“一个工人为主的武装暴动，主要的是总罢工，次要的是武装继续”。会后，刚当选为上海区委候补委员的杨培生组织祥生船厂工人秘密筹集运送武器，训练武装纠察队。当时，纠察队最缺的就是武器，许多队员把家里的菜刀、生锈的梭镖都拿了出来。杨培生知道后，笑着对大家说：“虽然现在只有这些武器，但只要把敌人赶跑了，我们就有枪和子弹了。武器少了点没关系，我们想想法子……”结果，还真想出了法子。有一名纠察队员把鞭炮放在空铁桶里，一旦点燃，“乒乒乓乓”乱响，远远一听，就跟机关枪的声音一模一样。后来在第三次武装起义中，纠察队用过这个“武器”，吓得浦东烂泥渡的警察不敢出来站岗，以为北伐军打进上海了。

北伐的推进，使孙传芳军阀当局提高了警惕，马路上到处是搜查的警察。如何将筹集到的武器送到大家手中，也是纠察队要解决的难题。据杨鸣皋回忆，一次他和徐敏畅接到杨培生布置的任务，要去市中心运送枪支回浦东。事先杨培生将取枪的时间、地址及接头人见面的暗号都告诉了杨鸣皋，还对他说："这是我们起义要用的武器，得来非常不容易，你们要做到万无一失。"

第二天，杨鸣皋和徐敏畅按照杨培生的嘱咐，与接头人见了面。对方除了给他们一支手枪外，还给了三只饼干罐，上面两只装饼干，下面一只装子弹。当杨鸣皋两人准备坐小舢板回浦东时，不巧碰到警察搜检。杨鸣皋一看，警察小头目是自己的邻居，便主动走上前套近乎，并指着徐敏畅说："这是我兄弟，今天买了几罐饼干给家里的小孩吃。来，你也尝尝。"说着就顺手打开饼干罐，抓了一大把饼干，塞到这个警察手里。警察见状，对他们挥挥手，让他们快点离开。

春日江山丽。1927 年 2 月 18 日，上海总工会发表宣言，号召上海工人举行总同盟罢工。第二天早晨，浦东地区的祥生、瑞熔、求新及沪东地区的裕丰、新老怡和、厚生、永安等厂，还有电车公司、电气新厂、黄浦码头等处的工人，先后罢工。三天后，罢工人数已达 36 万。军阀孙传芳部下李宝章恼羞成怒，派出大刀队进行镇压，当时有很多工人因为散发、传阅传单被杀。祥生船厂冷作工朱长林也遭杀害，并被悬首示众。

敌人的屠杀并没有吓倒上海的工人，在激烈的斗争中，杨培生根据上海区委指示，成立了全市金属业总工会，祥生船厂、江南制造局、高昌庙兵工厂等金属业工人选举以杨培生为首的 23 人为执行委员，工人的团结更加紧密。

2月22日，中共上海区委发布紧急通告，将总罢工转为起义暴动，这就是上海工人第二次武装起义。祥生船厂等工人纠察队近两万人参与。由于武器装备劣势、作战配合不畅、无统一行动，第二天，上级党组织发出了“为准备进攻而停止暴动”的命令，以待下一次斗争。

到了1927年3月初，为准备第三次起义，上年底到达上海的中央军委书记周恩来到商务印书馆、法商电车公司、沪东工厂等党的力量较强的单位了解起义的准备情况，到浦东、引翔港等处察看地形，提出“要让懂军事的人训练武装纠察队的骨干”，任命了军事教官，开办短期军事特训班，练武装起义骨干。为加强集中统一领导，成立了特别委员会，负责领导和组织第三次武装起义，特别委员会由陈独秀、周恩来、罗亦农、赵世炎、汪寿华组成，其中周恩来为起义总指挥。

起义准备阶段，杨培生常常到杨鸣皋家中讨论准备事宜。一天晚上，他身藏手枪，穿过一条小路，摸黑再次来到杨鸣皋家。不多久，上海总工会的召集人、浦东各厂的十几个党组织负责人陆续过来，讨论武装起义的准备进度。为安全起见，他们派人在门后望风，生怕有人破坏。

杨鸣皋悄悄地对上海工人总同盟罢工召集人说：“前后都有门，还有边门，周围弄堂多，能进能退。”上海工人总同盟罢工召集人点点头，对大家说：“同志们！北伐军已包围上海，我们党决定马上组织第三次武装起义！全市分七个战区，同时发动，先罢工，迅即转入暴动。吃一趟亏学一回乖，我们要吸取前两次起义失败的教训，这次要统一行动，一气呵成。我们拿惯了榔头，不懂军事常识，夜战不行，加上夜里敌人的岗哨多戒备严，这次改在白天起义。”

这时，有人反映枪支弹药奇缺。杨培生听后，立马接话道："我们人多心齐，对敌人展开突然袭击，打他个措手不及，一定能从敌人手中夺取枪械来武装自己。"

上海工人总同盟罢工召集人掏出一张纸，在浦东地图上画着进攻的路线、目标和各厂分工，并吩咐以祥生船厂汽笛拉响为起义信号。他告诉大家，这次浦东纠察队的进攻线路是先攻下春江码头的警察和警察四分所，占领烂泥渡铁板桥三区警察署，然后挺进老白渡俞家庙军营，最后攻打钦赐仰殿的军阀骑巡队。随后大家进行了分工，杨培生接受了发动各厂工人的任务。

白天，杨培生秘密发动工人做木棍、铁棒。晚上，联络附近党员和工人积极分子到春江路10号楼上为起义做准备。几个女工制作一面面小彩旗，其他同志则写着"武装起义，打倒军阀政府"等标语。正当大家有说有笑讨论着起义以后工人们的生活将会大不同时，杨培生悄悄地提醒道："小声点，不能被敌人发现。我们的好日子在后头呢!"

由于武器需要过江运输，容不得丝毫大意，几经考虑，杨培生把这个任务交给了施小妹，并帮她想好了过江办法。他让施小妹抱着孩子，伪装成很少出门的农村妇女，果然，最后因为孩子的哭闹，避过了警察的搜检，施小妹顺利地将枪支从虹口运到了浦东。

1927年3月20日晚上，北伐军抵达龙华，上海已处于北伐军四面包围中。中共上海区委决定马上起义。

此前，杨培生早已发动江南造船所工人做好武装起义的准备，一个曾参加地下工会活动的老工人回忆说："3月20日，接到当晚12点开会的通知，我准时到了约定的地点。会场同样没有火光，约莫20多人围在一起，大家就像上阵前的战士听取首长布置战斗任务一样紧张、严肃而镇静。会议开始了，我们听到了杨培生同志熟悉而又激昂的声音。他一开头便兴奋地说：‘同志们，我们受苦、受难受压迫的日子快要过去了，天快亮了!’他把北伐胜利的消息和反动军阀慌张失措的有利形势，一一告诉了我们，接着便宣布：‘按总工会的命令，明天中午，全市举行第二次总同盟罢工和第三次武装起义，打倒军阀和洋鬼子。大家应做好准备按计划行动。’”

那天晚上，杨培生分析了当时的形势，布置了起义的时间、步骤及起义的信号，详细说明了几个据点敌人的火力。会议结束后，杨培生特意留下几位工人党员，作了个别部署，要他们充分带动工人，积极投入起义。

此次起义划分为闸北、沪西、沪东、南市、虹口、浦东、吴淞 7 个作战区。起义命令下达后，集结完毕的各路纠察队和成千上万的工人群众，分区进行战斗。在浦东，按照事先的安排，祥生船厂锅炉间工人早把水汀烧足，等待着起义那一刻的到来。下午 1 时，祥生船厂工人拉响了汽笛：“呜……呜……呜……”工人武装立即行动起来，他们身系红领巾，兵分三路，一路封锁江面，一路包抄警署，最后一路从正面进攻。经过 4 个小时的战斗，浦东起义获得全胜。当天晚上，浦东各界成立了浦东临时保卫局，并选出了 400 余人组成工人自卫团，一律武装维持秩序。另有纠察队数百人，协助维持秩序。浦东一带市面镇静如常，各商号照常开市。

这天傍晚，北洋军阀在上海的 10 余年统治土崩瓦解，第三次武装起义取得全面胜利，上海从军阀中解放，情形完全变样了，武装的工人、非武装的工人，以及学生、妇女等举行示威，街上无比热闹，无比欢乐。

1927年3月22日，4000余名代表召开第二次市民代表会议，成立了上海特别市临时政府，选举产生了罗亦农、汪寿华等上海市政府委员19人。次日上午，临时市政府在南市蓬莱路上海县署开始办公。

3月24日，上海总工会机关迁至湖州会馆，由汪寿华任委员长，杨培生任副委员长。此前，杨培生已担任金属业总工会委员长。三天后，上海总工会在湖州会馆大厅前举行升旗典礼，中共上海区委赠“全国无产阶级革命之模范”锦旗一面。这天，上海总工会举行了全上海工人代表大会，欢庆胜利，汪寿华报告了上海工人三次武装起义的经过，提出今后要继续为改善工人待遇、提高工人地位和知识水平、统一工人运动、重申工会纪律等努力。大会一致通过致电国民政府、收回租界、工人武装自治、肃清一切反动势力、巩固民众政府等13项决议。

为巩固胜利成果，杨培生参加各种群众集会，发表演讲，慰问受伤工友，悼念牺牲烈士。那段时间，他工作忙到连家都回不去，一天往往要参加好几场会议，还要前往各行业工会深入了解工人的情况。一次，杨培生前往浦东领导祥生船厂、日华纱厂、小南洋烟厂、英美烟厂、隆茂栈的码头工人召开群众大会。此次大会组成临时审判庭，公审了日华纱厂的两个工贼，这两人平时作恶多端，工人们听到公审结果纷纷叫好。大家感谢杨培生多年来在浦东领导工人运动的贡献。杨培生奔波在春日的上海街头，觉得振奋、幸福！

9. 心随云水

北伐军占领武昌，国民革命重心转移，由珠江流域扩展到长江流域。1927 年 2 月，国民政府宣布在武汉正式办公，要求留在广州的各机关工作人员分批前往。杨匏安随谭平山、共产国际代表罗易一同北上。由于武汉国民政府催得很急，他们决定乘飞机去武汉。《广州民国日报》3 月 2 日报道称：“第三国际代表前与国际工人代表同道来粤……及至昨日始行首途北上，同行者有本党中央执行委员谭平山、杨匏安及翻译等数人。”结果他们穿上棉衣、提着行李赶去机场后，却被告知飞机出了故障不能登机。

此后，谭平山、杨匏安、罗易两次前往机场，依旧未能登机。

上海《申报》3 月 13 日报道称，“谭平山、杨匏安十日由广州乘飞机赴鄂，参加中央大会”，结果无奈成了“假消息”，他们仍旧滞留广州。《申报》3 月 22 日再次报道，“谭平山、杨匏安二十日始乘车赴韶换乘飞机赴鄂，如飞机未到，则步行入湘转车赴武昌”。

原来，蒋介石欲图阻止广州的国民党要人奔赴武汉，以便将国民党中央和国民政府置于其控制之下。这个阴谋于前一年就展开了。1926 年 11 月，国民政府和中央党部迁往武汉后，蒋介石安排亲信，暗中策划右派势力控制广东。中共广东区委和杨匏安等共产党人意识到事态严重，指出国民党广东省党部应加快改选，以恢复左派掌权的局面。11 月 5 日，国民党广东省党部召开会议决定改选省党部，杨匏安等 5 人负责改组筹备工作。此时，蒋介石心腹张静江操纵国民党中央政治委员会，在 12 月成立国民党政治会议广州分会，全权负责国民党中央北迁后广东、广西、福建的党政事务，他们知会杨匏安等人，改选成员名单须由政治分会圈定。

在国民党广东省第二次代表大会上，杨匏安作中国国民党广东省组织部一年来工作报告，他强调："我们如果能整顿党务，努力工作，指导群众运动，党部自然有力量。"为此，杨匏安恳切希望，"务使本党基础日益巩固，纪律日益严密，党的势力日益张大，在革命根据地之广东长保光荣"。这次会上，杨匏安再度当选执行委员，这展现了他在国民党中的个人声望。不过，暗流涌动，政治分会圈定的 15 位执行委员中，国民党新右派占据了大多数席位，此后杨匏安受到排挤，至离开广州前，已无实际话语权！

既然乘机去武汉已无可能，谭平山、杨匏安、罗易等人只得坐车到韶关，翻过五岭山脉，进入湖南，再坐火车前往武汉。4 月 3 日傍晚，他们到达汉口，住进东方大旅馆。当晚，武汉国民党中央执行委员会及国民政府在华商总会设宴为他们接风洗尘。

4 月 12 日，蒋介石在上海大肆屠杀共产党人和革命群众，3 天后广州也发生了反革命大屠杀，著名共产党员刘尔崧、邓培、熊雄、萧楚女等壮烈牺牲，7 天内被捕者即达 2100 人，一时间山河动荡。

"人世斗争几日平，漫漫也应到黎明；听潮夜半黄埔客，充耳哭声和笑声"，黄埔军校政治部副主任熊雄曾经的铁血诗篇尚回响在杨匏安等共产党人心头，而诗人已经英勇就义。

4 月 22 日，《汉口民国日报》发表"讨蒋通电"，杨匏安与汪精卫、孙科、谭平山、吴玉章、宋庆龄、何香凝、毛泽东等 40 人共同署名，号召全国人民"去此总理之叛徒，本党之败类，民众之蠢贼”。

在国共合作时期，杨匏安享有国民党的“高薪”，他将大部分薪酬捐作中共广东区委党费，在党内素有清廉美名。在中共五大上，杨匏安当选为中央监察委员，担任副主席一职。

与此同时，国民党广州政治分会提出开除杨匏安国民党党籍的议案，甚至于5月下旬发函广东省政府通缉杨匏安。对于通缉令，杨匏安毫无惧色。这位无私的共产党人仍旧专心于武汉国民党的各项工作，连续在《汉口民国日报》刊登启事，通告国民党闽粤桂三省党部驻汉办事处已经成立，表示“凡闽粤桂三省党部同志被压至汉者，请按址前来报到，以便审查招待”。

不久，武汉国民政府组建“被难同志救恤委员会”，救恤北京、天津、上海、广州、重庆等地因遭压迫而流亡至武汉的革命同志，杨匏安、吴玉章被推举为常务委员，办理日常事务。

为加强全国济难工作，中国济难会由上海转到武汉，杨匏安和恽代英、潘汉年、郭沫若、刘清扬、何叔衡等人召开中国济难会联席会议，杨匏安被推选为中国济难会全国总干事会委员。中国济难会以“仗义执言，以身正义，共挽狂澜”的人道宣言，开展援救革命工作。杨匏安全身心投入调查各地被难同志的事迹，以组织救济。

武汉政府于4月组织了第二次北伐，尔后又准备实施讨伐蒋介石的军事行动，杨匏安一度想随军参战。7月间，武汉政府下令东征讨蒋，这其实是汪精卫为争夺正统的国民党领袖地位而要弄的两面手段。7月15日，汪精卫撕下伪装，发表分共宣言，轰轰烈烈的国民大革命失败了。

但是，共产党人从血泊中重新站了起来，1927年8月1日，中国共产党发动南昌起义，打响了武装反抗国民党反动派的第一枪。在广大群众看不到出路的时候，南昌起义在全国树起了新的革命旗帜！

起义当天，杨匏安和宋庆龄、邓演达、谭平山、彭泽民、林伯渠等22人在《南昌民国日报》署名发表《中央委员宣言》，声讨蒋汪反革命罪行，宣言斥责蒋介石和汪精卫曲解三民主义，为国民革命之罪人，号召国民革命军的忠勇将士，以百折不挠的勇气与蒋汪军阀作坚决的斗争，为真正之革命主张奋斗到底。

8月7日，中共中央在汉口召开紧急会议，杨匏安出席会议。这次会议讨论了大革命失败后中国革命向何处去等问题，毛泽东在会上提出，秋收暴动非有军事不可，党要非常注意军事问题，“须知政权是由枪杆子中取得的”。毛泽东还对大家说，自己愿意去农村搞革命，不愿去大城市住高楼大厦，愿到农村去，上山结交绿林朋友，开展革命。这给众人留下极深刻印象。

八七会议确定了实行土地革命和武装反抗国民党屠杀的政策，把发动农民、秋收暴动作为当前主要任务，决定调派有斗争经验的同志，到各主要省区发动和领导农民暴动，组织工农革命军队，建立工农革命政权，解决农民土地问题。

此时，共产党人转入地下秘密斗争，杨匏安躲过敌人搜捕，离开武汉，进入上海，在堂妹夫霍志鹏家落脚。

南昌起义军南下进入广东，中共中央指示广东省委即刻全力接应。杨匏安受中央的委派，秘密去到香港，与张太雷取得联系。张太雷时任中共中央南方局、中共广东省委书记。两人见面时，南昌起义军在广东的战斗失败，张太雷改派杨匏安去国民革命军张发奎部开展统战工作。

大革命时期，张发奎是北伐风云人物，取得过赫赫战功。到北伐后期，张发奎所部中有近3000名共产党员，是共产党员最集中的国民革命部队，其中著名的有廖乾吾、叶挺、蒋先云、周士第、郭沫若、恽代英、高语罕、张云逸、卢德铭及贺龙、叶剑英等，张发奎也从他们身上看到共产党人的能征善战，认为他们是一支强大的革命力量。在汪精卫叛变革命后，张发奎没有明确表示反共。中共中央这年 7 月制定湘、鄂、粤、赣四省起义的计划时，对张发奎也寄予厚望，想争取张发奎部重建广东革命根据地。不过，在南昌起义时，张发奎已经开始后退。等到杨匏安由香港秘密返回广州，并在老朋友陈大年帮助下谨慎地开展对张发奎的工作后，杨匏安发现张发奎已经动摇。杨匏安只得转到澳门，向南方局和广东省委报告，最后终止了与张发奎的联系。南方局和广东省委决定把全部精力，投入独立领导广州起义的工作上来。

杨匏安辗转奔走于香港、澳门、广州，也非常关心南昌起义南下部队的情况，心系战友的安危，得知周恩来率部起义后得了重病，他心急如焚。后又得知周恩来已安全抵达香港治病，他才放下心来。

11 月，中共中央临时政治局在上海召开会议，处分了谭平山、杨匏安等人。当时，在上海有一些与蒋介石决裂或被国民党开除的左派民主人士，以及失去组织关系的革命人员，准备建立所谓区别于共产党和国民党的“第三党”。有传闻称杨匏安是第三党发起人之一，他因此被取消中央监察委员的资格，并受到留党察看处分。

杨匏安在汇报与张发奎联系的情况时，从张太雷处得知自己所受处分，非常痛苦和委屈，但表示愿意接受组织对自己的审查，同时声明自己是清白的，请求组织进行复议。张太雷安慰杨匏安，党组织会考虑他的请求。

1927 年 11 月中下旬，党组织派杨匏安下南洋开展工作。大革命失败后，大批共产党员为躲避敌人屠杀，撤退到南洋新加坡、吉隆坡一带。国民党反动派企图联络英国殖民者逮捕这些共产党员。为了妥善安置这批同志，南方局和广东省委派杨匏安前去联系，组织他们回国参加广州武装起义。

杨匏安接到任务，不顾自己还在审查期间，立刻秘密启程。

他找到熟悉的澳门洋行老板帮忙，乘货轮南下来到新加坡。在南洋期间，杨匏安通过乡亲关系，在新加坡、吉隆坡一带尽力联络、安置党的同志，对被捕同志设法进行营救。他身在南洋，仍时刻心系国内革命，写下两首诗寄给当时在上海居住的堂妹夫霍志鹏：

其中一首题为《十一月既望泊舟星架坡港》：

故乡回首战云深，漏刃投荒万里临。
余日可消行坐卧，感怀休问去来今。
江南有梦迷蛮瘴，海外何人辨雅音？
自笑身闲心独苦，当头皓月伴微吟。

另一首题为《寄小梅》：

去国六千里，心随云水长。
逃生来绝域，问禁入危邦。
归意能无动？公忠不可忘。
相思凭梦寄，月色满桄榔。

海上生明月，天涯共此时。海天之间皎洁的月色，仿佛自己长久坚守的清白，杨匏安以诗言志，表达自己“公忠不可忘”的执着，体现了一个坚定的革命者对党、对人民、对祖国的无限忠诚。

1927 年 12 月 11 日，张太雷、叶挺、叶剑英等领导发动广州起义，在激烈的炮火中，中国第一个大城市苏维埃政权——广州苏维埃政府诞生。经过三天浴血奋战，因敌我力量悬殊，起义失败，张太雷壮烈牺牲，大批共产党人和革命群众惨遭屠杀，广东省委再次撤到香港，杨匏安的家人在党组织的帮助下去了澳门。

1928 年 1 月，杨匏安回国。他到香港向南方局和广东省委汇报南洋工作情况，后到澳门与家人团聚。这时杨匏安才知道，广州起义失败后，恽代英在张太雷牺牲必须紧急撤退的最危急时刻，没有忘记自己老战友杨匏安一家，找人将两筒银圆转交杨匏安母亲，并嘱其马上撤离。在生死时刻，恽代英还惦记着自己一家老小，这令杨匏安无比慰藉！

在澳门期间，杨匏安继续向中央申明自己被冤枉的情况，希望中央对他的处分给予复议。不久，中共中央同意杨匏安到上海中央机关工作。

第三章

监察志士、青春壮歌

1. 石上月明

在8位英勇就义的中央监察委委员中，萧石月是最早牺牲的烈士。

萧石月，湖南衡阳市常宁人，出生于一个比较富裕的人家。他从小跳脱，富有同情心，经常跟着村中穷苦孩子一起玩耍，给断粮的家庭送过谷米，给天寒地冻赤足的小伙伴送过鞋子，给过年没有一块肉的穷户送过自家的鱼，村里人都亲切地喊他“小四哥”。他常和同窗交流陈胜吴广起义、万人敌项羽的故事，放言长大了也要带着穷小伙们一起为穷人打天下。

父亲担心这个不安分的儿子外出闯祸，不许他外出求学，还在他17岁时为他张罗了一桩婚事。结果，新婚第三天，萧石月别过父母和娇妻，给在长沙读书的哥哥萧同兹送学费，转身就远赴辛亥革命首义之地——武昌，加入正在招录新兵的湖北水警教练队。他弃用代表家族辈分与传承的原名萧连祐，第一次改名为萧时杰，他已决心做一个真正的时代豪杰了。

当时，帝国主义兵舰在武汉长江上横冲直撞，水警队腐败无能，内无法安民，外不敢御敌，只是敲诈勒索一些小商船，萧石月待了两年，丝毫看不到一点改变，他愤然回到长沙，投奔了兄长萧同兹。

1920年，萧同兹、黄爱、庞人铨在长沙组织湖南劳工会，以湖南人那股特别的血性发出呐喊：“醉死沉沉的劳工！一场噩梦，也应该要惊破了……发达社会的产业，供给社会的需要，都是我们的血汗换来的；所以我们不仅是组织人类的一份子，并且是人类文明进化的先驱者……只须我们能够结合强有力的团体，自觉自决——朝着光明的路上走去……”这也惊醒了萧石月，他听兄长说起湖南劳工会另两位领袖的事，心中钦敬有加。

黄爱，原名正品，1919 年五四运动后才改名黄爱，以示时刻不忘爱国。庞人铨则感于社会黑暗，在自制的一把蒲扇上作了一首诗：“世间作扇多绫羽，此独山间竹制成。拿来岂为驱蚊蚋，一扫人间大不平。”这些事迹使得萧石月心中对他们两人大有英雄惜英雄之感。

萧石月来到长沙后，首先在湖南第一纱厂当工人。1913 年创办的湖南第一纱厂，位于长沙湘江西岸银盆岭下，属于官办企业。由于军阀赵恒惕政府将工厂租给私商经营，担任经理的湖北人赵子安自此在招聘和选用职员时，竭力排斥湘籍人。1921 年 2 月，黄爱、庞人铨领导纱厂工人游行示威，要求将纱厂收归公办，反对纱厂商办，运动颇有声势。

这时，毛泽东来到第一纱厂作实地考察，以打开湖南工运局面，同行者有杨开慧、郭亮、柳直荀、夏明翰等人。萧石月与劳工会的张理全在门口，将毛泽东一行人迎进了工厂。随后由张理全陪着毛泽东去找黄爱、庞人铨，萧石月带着杨开慧、郭亮、柳直荀、夏明翰去车间。在粗纱车间，女工们在震耳欲聋的机器之间来回奔跑，替断纱接头，累得满脸是汗，四周飞花乱窜，纷纷扬扬，吸进鼻孔呛人喉管，车间里时时响起咳嗽声。

萧石月对杨开慧几人说：“工人劳动时间特别长，一天工作 12 小时以上，有时还要加礼拜工。厂方动不动就罚工钱，扣工资，车间里不准讲话，女工们走错了车间、打了瞌睡、出了次布、损坏工具统统要罚钱，少则扣一天工钱，多则扣几天、十几天工钱。”

杨开慧忍不住说道：“女工们的工作状况真恶劣。”

“连吃个饭都没时间哩。”萧石月继续介绍道，“特别是挡车工人，接几个头，扒一口饭，吃不到一半，碗里就落满了飞花”。

杨开慧等人看得很难受，从车间出来后，他们又到工人住的地方去。所谓的住处都是用破木板钉起来的棚子，里面黑乎乎一片，进出都要低头弯腰。他们来到木棚前时，几个光屁股的孩子在外面玩耍，一个骨瘦如柴的老人右手拄着一根拐棍，左手牵着一个三四岁的小孩坐在棚子前，擦着眼泪。原来自己的儿媳被工头糟蹋，跳河死了，儿子找厂方算账，又被开除了！杨开慧连忙从口袋里掏出一包铜钱，送到老人手里。

从工棚回来，萧石月带着杨开慧、郭亮、柳直荀、夏明翰和毛泽东、黄爱、庞人铨等会合。毛泽东对萧石月（此时还用名萧时杰）说道：“萧时杰，你这个名字起得好！工人们要团结起来，本诸奋斗的精神，向光明的途径努力进行，尤其要以阶级争斗的奋勇，创造劳动者的世界，才能真正做成时代豪杰哟！”

萧石月看着身材魁梧、神采奕奕的毛泽东，听着这一席慷慨激昂的言词，不由得心潮澎湃，说道：“就像你在《湘江评论》创刊宣言上写到的一样，世界上民众联合的力量最强，只要工人们团结在一起，官僚不可怕，军阀不可怕，资本家也不可怕！”

时机到了，世界的大潮卷得更急了！洞庭湖的闸门动了，且开了！浩浩荡荡的新思潮业已奔腾澎湃于湘江两岸了。此后，萧石月经常到毛泽东、何叔衡等创办的文化书社阅读进步书刊，到自修大学听演讲，并结识了李立三、萧劲光、李维汉、夏明翰、易礼容等人。萧石月看过水警队腐败，也看过工厂残酷，知道受苦受难的都是底层劳动人民，这时的他已然接受马克思主义。

1921年8月，萧石月加入中国社会主义青年团。10月间，毛泽东在长沙建立中国共产党湖南支部，并慎重地吸收学生和工人中的先进分子入党。年底，继在学生中发展了一批党员后，湖南支部在第一纱厂、电灯公司、长沙粤汉铁路工人中也发展了党员，萧石月便是在此时加入中国共产党，并把原来的名字萧时杰改为萧石月，以表达自己救国救民的信念像磐石一样坚定，追求革命之心像明月一般洁白。

这年 12 月，中共湖南支部通过湖南劳工会和湖南省学生联合会，发动长沙工人及各界群众近万人举行游行，反对损害中国主权的太平洋会议。萧石月带领第一纱厂 1200 余名工人参加，在行至日本及美国领事馆时，高呼“反对太平洋会议”“打破国际的资本主义”“揭破资本阶级的假面具”等口号。

1922 年 1 月，湖南第一纱厂工人因为年终薪水问题发起罢工，赵恒惕派出大批军警，包围工厂，当场打死 3 名工人，强迫工人复工。1 月 16 日深夜，黄爱与庞人铨找厂方交涉。赵恒惕武装逮捕了二人，并于次日凌晨 4 时将他们杀害于长沙浏阳门外。黄爱与庞人铨是我国最早牺牲的工人运动领袖，牺牲时年仅 25 岁。在被杀害前，黄爱仍大声疾呼：“大牺牲，大成功!”

萧石月兄长萧同兹遭到通缉，后退出了中国社会主义青年团。萧石月十分痛惜，他规劝兄长，只有共产党才是真正为人民谋福祉的。萧同兹我行我素，兄弟俩就此分道扬镳，走上了截然不同的道路。

毛泽东决定开展一个悼念黄爱、庞人铨，控诉和反抗赵恒惕的运动，并先后两次主持黄爱、庞人铨追悼会，这一运动也在全国各地掀起热潮。萧石月、夏明翰、邹建武等人组成“湘工惩赵团”，将“敲响血钟，唤醒民众”等标语张贴在长沙人流齐集之处，发动工人对赵恒惕进行坚决的斗争。萧石月和邹建武还努力争取工人大团结。

为悼念黄爱、庞人铨这两位工人运动领袖，长沙和全国各地先后发生罢工，湖南成为工人运动重镇，除粤汉铁路（长沙段）工人、安源路矿工人举行大罢工外，长沙缝纫工人、泥木工人、理发工人、笔业工人、印刷工人也相继发起罢工请愿，长沙工人运动形成了此起彼伏，一浪高过一浪的局面……毛泽东参加并指挥泥木工人请愿游行时，穿着一件对襟衣，带着口哨，他吹一声口哨，工人喊一句口号，工人的情绪越发高涨。

湖南各行各业的工会、工友俱乐部雨后春笋般成立起来，萧石月也在1923年春天领导成立了第一纱厂工人俱乐部，被选为干事长。他还在纱厂积极发展党团员，并在纱厂成立了党支部和青年团支部，自己兼任书记。在他的领导下，2300余名纱厂工人成为长沙地区最大的工人力量……在轰轰烈烈的工人运动浪潮中，萧石月被推选为湖南全省工团联合会总主任兼组织部主任，成为长沙工人运动领袖之一。

1924年9月，萧石月到苏联莫斯科东方大学深造，在填写相关表格“来俄前后对外关系”一栏中，萧石月写道：“胞兄萧异（即萧同兹）是一个工业学生，湖南劳工会中坚分子，现在长沙各工厂办事，最反动。前曾加入青年团（共青团前身），已被淘汰。但他和我幼时感情甚好，后来因机会不等，环境渐有差别，而感情尚无不浓洽也。及至我入党后，因阶级地位之不同，意见之歧异，遂各行其是，并常在运动中互为攻击。然感情尚未完全破灭也。来俄后，曾给他一信，但未见回信。想将来在某种时机，革命与反革命之冲突加厉，难免不感情破产，断绝关系云。”

1925年，萧石月回国，被选为中共湖南区委委员，任中共安源地方委员会书记，后被中共湖南区委书记李维汉派到新化锡矿山开展工人运动。新化锡矿山是湖南的大矿山，职工42000余人。萧石月化名为萧铁生，与邹建武等一道在新化锡矿山成立雪耻会，从事讲演、募捐等活动，支援上海五卅运动的反帝斗争。

随后他们又办起平民夜校，一边教工人识字，一边传播马克思主义，并在工人中秘密发展党员。1925年冬，中共锡矿山特别支部成立，萧石月出任书记。

自萧石月1925年9月领导秘密成立锡矿山工会后，工人运动迅速发展，1926年秋，工会会员就达到两万人。1927年4月，萧石月同邹建武等人决定解除矿工商团反动武装，他们利用缴获的枪支组建了一支100多人的工人纠察队。这年5月21日，许克祥在长沙发动“马日事变”，长沙城被笼罩在血雨腥风之中。萧石月指令，锡矿山工会一面加强戒备，一面抓紧工人纠察队的军事训练。月底，湖南省总工会、省农民协会决定组织湖南工农义勇军，火速开拔，从各地向长沙进攻。5月28日，萧石月与邹建武率领锡矿山工人纠察队300多人，携带百余支长短枪及200余只鸟铳、梭镖、大刀等武器，取道蓝田前去湘潭。行进途中，纠察队遭到伏击，萧石月沉着冷静，与邹建武指挥纠察队奋勇还击。但由于装备低劣，弹尽无援，战斗整整持续两个小时后，未能突围，邹建武身中数弹牺牲。敌人叫喊着“活捉萧铁生”，像马蜂一样围上来，萧石月毅然将最后一颗子弹留给了自己……

中共五大于1927年4月27日至5月9日在武汉召开，由于萧石月对党、对工人运动的特殊贡献，以及卓越的领导和组织才能，他成为中共五大的湖南代表之一，当选为中央监察委员会候补委员。萧石月作为首届中央监察委中第一个牺牲的烈士，牺牲时年仅27岁，距他出任中央监察委候补委员仅仅过去了19天。时任湖南省委书记夏曦为他撰写了烈士传记，称赞他“是最忠实的一个同志，是最勇敢的战士”。李维汉也评价他为“勇敢有为、忠诚坚定”。萧石月一生只留下两张照片，其中一张是妻子阳琴音偷偷留下来的。照片上，萧石月目光熠熠，如一束刺破黑暗的月光，映照着今天这磐石般牢固的红色江山！

2. 昆仑以忱

中共五大闭幕两天后，中共湖北区委改组为中共湖北省委，中央监察委员会委员蔡以忱当选湖北省委委员、常委、农民部部长。蔡以忱，又名一尘，1899 年出生在湖北黄陂县蔡家榨镇白家咀一个农民家庭。19 岁考入湖北省立第一师范学校，由于毛笔字写得好，每年春节乡亲们都来找他书写春联。当地春节有玩龙灯、划彩船的习惯，他会自编一些内容新颖的彩词，令人喜闻乐见。五四运动爆发，蔡以忱成为湖北爱国学生运动的中坚分子。不久，他协助刘文清、孟晋奇、蔡春芳等人主编守旧刊物《江汉评论》，后在董必武、陈潭秋的影响下，转到陈潭秋主编的《武汉星期评论》，开始宣传马克思主义，1923 年，由董必武介绍加入中国共产党。

蔡以忱从湖北省一师毕业，先在省一师附小教书，后到武昌私立中华大学任教，利用教书作掩护做革命工作。他很有演讲才能，当时人们经常看到蔡以忱在阅马场发表慷慨激昂的革命演说，博得阵阵掌声，董必武曾经评价他说："蔡以忱是好手，能写能说能做事。"1925 年，五卅狂飙，蔡以忱与吴德峰、费侃如等人创办武昌崇实中学，培养教育革命青年，并出任训育主任。当时，崇实中学革命空气浓厚，蔡以忱等在学生中发展了一批共产党员。

1926 年，北伐军进逼武汉，军阀陈嘉谟负隅顽抗，并搜捕革命党人。在围城 40 天中，蔡以忱多次受到搜捕，他和夫人吴金梅、长子蔡惠安常常粮食断绝。一次，他用丈余长的白布横书

“武昌群众求生不得求死不能”，送到汉口，人们高举此布游行示威，颇引起震动。北伐军攻克武汉后，蔡以忱在董必武筹建的湖北省中小学教师党义研究所做教员，到武昌农讲所、黄埔军校（湖北分校）讲授世界革命史。他还为湖北省第七小学创作了校歌：“红日东升，革命青年，爱惜革命光阴。日常学问，在革命旗帜下，以求有生。求自由，求平等，要奋斗……努力前进，完成国民革命。”包惠僧有回忆称：“大革命中，蔡以忱在湖北教育界成为一名最活跃最有作用的人物。”

董必武、张国恩等主持成立国民党湖北省党部后，蔡以忱出任委员兼农运部部长。1927 年 2 月，省农协特派员成子英等 9 人在阳新开展工作时，被当地土豪劣绅及反革命武装抓捕，用绳索捆绑，浇上煤油，活活烧死。蔡以忱等人前往阳新查办此案，召开二二七死难烈士追悼大会，逮捕了 7 名杀手，有力地打击了当地土豪劣绅的反革命气焰。

3 月，湖北省第一次农民代表大会召开，湖北省农协成立。大会特聘毛泽东、林伯渠、徐谦、李维汉等为大会名誉主席，邓演达、董必武、蔡以忱在会上作了演讲。蔡以忱出任省农协执行委员兼组织部部长。

在中共五大上，蔡以忱当选为中央监察委员。数天后，与谭平山、毛泽东、瞿秋白、阮啸仙等人出任中央农民运动委员会委员，此时，蔡以忱还兼任着湖北省委农业部部长，事实上成为中央与湖北的农运领导人之一。

五大后，武汉的情势急转直下，夏斗寅叛乱部队进逼武昌近郊，各地农会更是受到疯狂进攻。在 6 月举行的中共中央扩大会议上，蔡以忱报告了湖北农运存在的问题：农民因无武装，不能打土匪，十余县农会死亡同志数百，急须建立农会武装，巩固农运成果。

6月10日，蔡以忱出席全国农协及湖北省农协新闻招待会，列举湖北土豪劣绅勾结反动军阀，残杀农民与农运干部3000余人的事实，使社会了解了真相。此后，湖北省政务委员会成立特别法庭，惩治土豪劣绅，蔡以忱亲任庭长，打击敌人嚣张气焰。受此鼓舞，湖北农协会员数月间激增至30万人，北京驻汉记者称之为“如龙蛇起陆，虎兕出土，雷霆震惊”。

7月15日，汪精卫公开叛变革命，蔡以忱奉调前往长沙。

原来，毛泽东此前多次向中央要求回湖南组织对敌斗争，还曾邀请罗章龙一道去长沙工作。毛泽东对来武汉请愿惩办许克祥的共产党员和骨干积极分子的要求也是回到原来的工作岗位，如果长沙站不住，城市站不住，就到农村去……山区的人上山，滨湖的人上船，拿起枪杆子进行斗争，武装保卫革命。6月底毛泽东回到长沙。罗章龙对此回忆称：有一天，我和毛泽东从中央开会出来，一路步行到毛泽东住处，他邀我到湖南去工作，组织对敌进攻。我们两人请示了中央，中央同意了我们的意见。于是我以五届中委的身份，巡视和指导湖南省委的工作。毛泽东先离开武汉赴长沙，临行前，他对我说，你找一个有作战经验的军事干部一道来湖南。我说：这里很难找到既熟悉湖南情况又有武装斗争经验的军事干部。毛泽东说：只要你认为可以就行。以后，经过物色，与中央商量的结果，加派了一个蔡以忱。罗章龙也回忆了蔡以忱的情况，他说：“蔡以忱是湖北省农民运动自卫军的负责人，懂得一些军事，所以要他去。他去湖南是有决心的，所以家眷都带去了。他的妻子姓丰，是党员，也同我熟悉。”

蔡以忱到达长沙后，与湖南省委书记易礼容取得联系，此时毛泽东再次去往武汉。易礼容向蔡以忱介绍湖南党的工作，决定派他去“东方小莫斯科”安源，改组中共安源市委，并出任书记。

八七会议上，毛泽东指出党要非常注意军事问题，并提出“政权是由枪杆子中取得的”。不久，毛泽东回到湖南，领导秋收暴动。此时，蔡以忱在安源组织了一支2000多人的自卫军，他领导的安源市委向湖南省委发出关于湘赣边界工农武装力量情况的报告，为秋收暴动做好了武装准备。8月底，湖南省委决定由毛泽东去安源湘赣边界统率工农武装，组织前敌委员会。

8月31日，毛泽东乘火车前往安源部署武装起义，9月1日到达安源，蔡以忱到车站迎接。当天，毛泽东在张家湾召开秋收起义军事会议，安源市委书记蔡以忱和委员宁迪卿、杨骏，浏阳县委书记、浏阳农军负责人潘心源，赣西农民自卫军总指挥兼安福农军负责人王新亚等人参加，这就是秋收暴动史上以安源为军事中心的会议，史称“安源会议”。会上，决定正式组建工农革命军第一军第一师，安源2000多人的自卫军被定为秋收暴动第二团，黄埔军校二期毕业生王新亚任团长，蔡以忱担任党代表，第二团拥有千余支步枪和3挺机关枪。

王新亚参加过北伐，后被委派担任安福县农民自卫军大队长。1927年7月，他率领这支400多人的队伍参加了永新暴动，后来到安源集结。在安源，王新亚与蔡以忱对第二团进行整编，团营连和团直属队均授予红色军旗，旗上缀有镰刀、铁锤和五星图案，印有工农革命军第一军第一师第二团某营某连字样。全团官兵均系红色脖带，胸前佩戴部队番号和本人姓名的布章。全团上下，一边紧张训练，一边日夜打造长矛大刀，并用矿井炸药制造土手榴弹，迎接即将到来的暴动。

在张家湾召开的军事会议上，初步拟定了秋收暴动分三路向长沙攻击前进的方案，第二团作为起义第一路，进攻萍乡与醴陵，向长沙取包围形势，但无论如何不能放弃萍乡、安源，以防敌人断绝我们的退路。9月9日，王新亚和党代表蔡以忱、副代表张明三召开第二团营、连长会议，王新亚宣读了湖南省委攻打长沙的命令，当即作了行动部署。为了出其不意、攻敌不备，第二团决定趁10日中秋节之夜攻城。蔡以忱、王新亚率第二团按计划出动，将萍乡团团包围，守军一个营闭城固守不出。而爆破队过早暴露目标，致使爆破失败，爆破队被敌人密集的枪弹杀伤一半，被迫撤出城外。王新亚即令部队强攻，由于第二团人多枪少，多是些土炸弹、土抬枪，没有攻城武器，战士伤亡很大，一营营长也被城上射来的子弹打瞎了左眼。

这时，天已大亮，城内敌人得到增援，蔡以忱、张明三仔细观察战斗情况，觉得强攻不行，眼看11日湖南各县暴动的日期已到，建议王新亚停止攻城。蔡以忱会同王新亚、张明三召开紧急会议决定，改攻醴陵，得手后向长沙进攻。于是，他们绕过萍乡县城，乘火车向“吴楚咽喉”醴陵进发。当天下午，第二团在当地起义农民配合下攻克醴陵县城，缴获枪支80余支，这是秋收暴动中攻占的第一座县城。

第二团进入醴陵县城，战士们砸开大牢，救出100多名被捕的革命同志和200多名无辜群众。次日，醴陵县革命委员会宣告成立，贴出了第一张打击敌人、保护人民的布告。人民政府打开土豪的谷仓、盐仓，将之分给贫苦农民，醴陵城一片欢呼声。

9月13日，敌军反扑，王新亚下令集合队伍，主动撤出醴陵，向浏阳方向前进。蔡以忱接省委通知，返回安源主持工作。

到了年底，中共中央在给湖南省委的信中对第二团作了极高肯定，称他们为“血战几百里的领导者和先锋”。

9月14日，毛泽东率领的第三团召开干部会议，主张放弃原定攻打长沙的计划，并致信中共湖南省委，建议停止执行长沙暴动计划。毛泽东率工农革命军几经辗转，到达永新县三湾村，在那里对部队进行改编，将支部建在连上，为建设新型人民军队扎下了最为深厚的政治基础，写下人民军队史上极为浓墨重彩的一笔！在不停转战间，毛泽东作《西江月·秋收起义》：“军叫工农革命，旗号镰刀斧头。匡庐一带不停留，要向潇湘直进。
地主重重压迫，农民个个同仇。秋收时节暮云愁，霹雳一声暴动。”

此时，中共中央对湖南的人事与区划重新进行了调整。9月27日，中共中央政治局委员任弼时主持召开湖南临时省委常委会，调整了领导班子，蔡以忱担任新一任湖南省委秘书长。一个月后，湖南省委再次改组，并决定再次组织湖南全省大暴动，设立湘西、湘南、湘西南三个党的特别委员会，指出：“湘西湘南两特别委员会尤其重要，省委应当多派得力同志前往参加主持，在最近一二月内即应创造一农民暴动割据的局面，为将来全省农民暴动的重镇。”会议决定，由彭公达、蔡以忱等筹组湘西特委。

这样，蔡以忱化名张仲平，偕丰俊英（化名李逸如），与彭公达一起来到常德，与原常德县委取得联系，后彭公达主持在河洑山太和观召开湘西各县负责人会议。为了做到万无一失，湘西20多个县的30多位负责人，白天分散在丛林隐蔽，晚上开会。在此，连续开了4个通宵的会议，选举产生了湘西特委，书记为彭公达，蔡以忱为组织委员，特委机关代号“毕得成”。

湘西特委建立后，开始着手恢复各地党组织。1928 年 1 月，舒玉林、蔡以忱前往石门县，由蔡以忱担任县委书记，党在石门县打开了一扇红色大门。

湘西的革命事业并非一帆风顺，特委曾多次受到破坏，刚建立不久就发生了一起特大枪杀案，共青团特委机关被敌人破获，书记李芙被抓，随即惨遭杀害，秘密文件也被搜走，若干党的秘密联络员暴露，反动派趁机在全城挨户搜查，杀害了数位骨干人员。1928 年 3 月，湘西特委书记彭公达被叛徒发现踪迹，不得不离开常德，特委进行第二次改组，蔡以忱当选为委员。8 月间，特委书记彭公达牺牲，湘西特委第三次改组，蔡以忱当选常委兼组织委员，在澧县十回港、宝塔湾一带指导武装斗争。1928 年 7 月中旬，特委机关及联络站再次被特务破坏。10 月间，因叛徒出卖，蔡以忱在澧县落入魔掌。

当地党组织得知蔡以忱被捕后，曾全力展开营救，只是当时环境恶劣，敌强我弱，几次营救未果。蔡以忱身陷囹圄，视死如归。当敌人拿来纸笔要他写自白书，他愤然提笔写下了一首绝笔诗：

申鸣大义臣，仗剑扫烟尘；
横刀眉梢笑，忠贞掩昆仑。

这首诗引用了春秋时期楚惠王相申鸣起兵平定白公胜的故事，以及戊戌变法英烈谭嗣同的绝命诗："望门投止思张俭，忍死须臾待杜根。我自横刀向天笑，去留肝胆两昆仑。"以此表达自己的坚贞不屈！

由于蔡以忱在湘西一直使用化名张仲平，军警并不知道他的真实姓名和身份，见蔡以忱软硬不吃，恼怒至极，就造谣说他是湖北“匪首”，怂恿一伙土匪于澧县县城小南门将其乱棍打死，蔡以忱牺牲时，年仅 32 岁。

蔡以忱烈士遇难后，当地党组织找到一位湖北同乡，以同乡会的名义买了一口棺木，为烈士收殓，于三湘大地的澧水之滨入土为安。

3. 清荷馨远

首届中央监察委主席王荷波本名王灼华，1882 年出生于福州城内府里。由于家道中落，他幼年时备尝世道艰辛，两个妹妹先后被饥饿与病痛夺去生命。19 岁那年，母亲撒手人寰，父亲病倒，王荷波不得不背井离乡去外地谋生，在江苏江阴入水师鱼雷营当了一名水兵，一年后他退出军营，回到福州，父亲已离开人世，最小的弟弟也被送人。王荷波怀着一腔苦痛来到上海，希望能在船坞上谋个差事，结果却只能流落街头。不久，他登上一艘外轮，相继到海参崴、大连干苦力。在数年的苦难漂泊中，他深刻体会到了中国无产阶级的贫困和痛苦。1904 年，王荷波等 2000 多名中国工人举行罢工，抗议日俄两个帝国主义国家争夺在华权益的肮脏战争，这时候他已然是一个热血的爱国者了。

日俄战争后，王荷波不得不继续在殖民主义者的奴役下干活。1915 年，王荷波参加了反对袁世凯“二十一条”的示威游行，不久回到南方，考入津浦铁路浦镇机厂。他为人正直，热心为工友办事，深得工人爱戴，于 1921 年在浦镇机厂组织了“中华工会”，担任会长，这是南京地区第一个工会组织。当时，货币贬值、物价飞涨，工人们的实际生活水平下降，王荷波与中华工会其他委员商议后，向津浦铁路局提出增加工人工资、发给御寒棉衣等 11 项要求，并代表工人进京谈判，迫使交通部答应了工人们的全部要求。王荷波返回浦镇后，正值 40 岁生日，浦镇机厂的工人们送他一块大红匾，上刻“品重柱石”四个鎏金大字，这是对王荷波人品和革命热情的最高褒奖。

不久，中国劳动组合书记部北方分部书记罗章龙到浦镇调查，一下火车就被当地军阀抓获。王荷波闻讯，将罗章龙救了出来，并把他安排在自己家里住下。王荷波与罗章龙一见如故，结下深厚友谊。罗章龙对此回忆称："1921 年末至 1922 年初，冬春之交，我为开展劳动组合书记部事，经陇海铁路工会介绍，由徐州前往浦镇。不料事为当地'交通系'所闻，几经毒手，荷波闻讯，挺身而出，率众救我于围困之中。这样，我就结识了荷波，他留我住在他家中，得以日夜促膝恳谈。"

1922 年，经罗章龙介绍，王荷波在北京加入中国共产党，成为津浦铁路第一个工人党员，也是南京地区最早的党员之一。这年秋天，王荷波领导成立了浦口党小组，这是南京地区第一个党小组。

1923 年，王荷波与李大钊、罗章龙等人作为北方区代表参加中共三大，在此次大会上，陈独秀继续当选中央局委员长，毛泽东当选中央局秘书，王荷波当选中央委员，后补选进入中央局，成为工人出身的第一位中共早期领导。

中央决定王荷波到上海工作，王荷波起初也有些顾虑。这时，罗章龙自北京南下，到浦镇劝其同行。王荷波对罗章龙表示了自己的忧虑："我本意还是不要离开工厂工作，不然怕脱离群众。"罗章龙笑道："上海的产业工人有几十万，那里是我们共产党人更广阔的工作舞台！"于是，王荷波携眷与罗章龙同车来沪，他们入住在火车站界路旅社，与中央局取得联系后，当天晚上陈独秀来见两人，他们倾谈至深夜。

此后，中央局机关迁回上海前，由王荷波出面，在闸北找了一所房子作为中央办公处，这就是三曾里。此地属于华界，位于公兴路与香山路路口，离上海北火车站一二里路远，周围有几十家缫丝工厂和一些手工业工厂，一个里弄只有三个门牌，由此而得名。毛泽东与杨开慧、蔡和森与向警予，以及罗章龙等三户人家曾在此居住，此楼就叫做三户楼。他们入住后，对王荷波大加称赞，都认为这个选址极有水平。

王荷波住在英租界同孚路，参加上海区党的工作，根据毛泽东代表中央的提议，他又挑起了中国劳动组合书记部上海分部主任一职，后来又接任中共上海地方兼区执行委员会委员长，主要负责上海及苏浙皖的劳工运动，他经常到三户楼来“串门子”，参加中央局工作。三曾里中央局机关订有《新闻报》《申报》《新申报》和上海《民国日报》、天津《益世报》以及外文报《密勒氏评论报》，共产国际的英、美、德、法各种文字的报刊。毛泽东、陈独秀、罗章龙、王荷波、恽代英都热心于读报，有时他们会一起畅谈国内外政局，指点江山。据常来中央机关的沈雁冰（茅盾）回忆：“王荷波同志身材高大，说话有煽动力。那时，中央局由陈独秀、毛泽东、罗章龙、蔡和森、王荷波五人组成，王荷波是唯一的工人党员，可见他的德才是很出众的。”

1924 年，国民党中央上海执行部成立，中共中央指派毛泽东、罗章龙、王荷波、恽代英参与执行部工作。罗章龙回忆称：中共中央以国家民族利益为重，不计较权位，不营求私利，努力实干，相忍为国，把完成国民革命视为当前的迫切任务，耿耿此心，薄海皆知。

一段时间后，上海第四区国民党党部成立。第四区处于法租界，众多国民党政客住在那里，国民党右派酝酿要争得更多选票，争取区党部的多数，他们纠集一些流氓，准备在会上制造武斗，以达成他们的目的。毛泽东、罗章龙、王荷波等人举行了商议。毛泽东以一贯立场鲜明的口吻指出：本党为革命党，凡利于革命的我们要大力去做，有害于革命的坚决反对。他们想要造成当选即有力量破坏革命事业的目的，这一举动若成，革命事业便十分危险，我们必须予以狙击！

“他们纠集一批流氓，想要破坏选举。我以为首先确保大会主席台不能乱，万一流氓武斗，要出面制止，使他们斗不起来。”罗章龙也表态行动必须硬起来才行。

“我们要组织一个强大的纠察队，从主席台到门口设立岗哨，保证会议胜利开好。”工人运动经验丰富的王荷波立即提出了自己的想法。

大家都表示这个方法好，王荷波即刻着手组织纠察队，会议当天进行了周密布置。中国共产党人内外配合，工人纠察队控制了会场秩序，国民党右派多次捣乱都失败了，毛泽东、王荷波等共产党人的卓越才干和斗争策略使得国民党右派气急败坏。

1924 年 5 月间，王荷波化名彼得洛夫，离开上海，与李大钊等前往莫斯科参加共产国际五大，他在这次会上作了关于中国工人运动的报告。在共产国际五大代表登记表上记录有王荷波的年龄、职业、职务、入党时间和革命经历等事项，其中有一栏问：“为什么近期你的生活是非法的?”王荷波回答是：“为了革命!”这就是一个共产党人炽烈的革命答案。

回国后，王荷波与人在上海组织了红色救济会，后改为互济会，帮助因罢工失业的工人，为因革命活动而被捕遇难者的家属解决临时困难。王荷波将救济会每一分每一毫都用在失业工人和遇难革命者家属身上，还告诫妻子要准备为工人阶级革命胜利牺牲一切。

1925 年 1 月，中共四大在上海召开，会场有意布置成学校课堂的样子，摆有黑板、讲台、桌椅，还给与会者发了英文课本，装作英文补习班的样子。四大选举陈独秀、李大钊、蔡和森、张国焘、项英、瞿秋白等 9 人组成中央执行委员会，王荷波等 5 人为候补委员。在这次会议上，43 岁的王荷波与 27 岁的周恩来一见如故。周恩来当时自巴黎回国才 5 个多月时间，已经在广东干出了不凡的革命业绩，担任了黄埔军校政治部主任，他明敏干练又诚恳温和，给王荷波等与会代表留下深刻印象。王荷波留着胡子，大家习惯叫他王大胡子，周恩来对这位工人运动领袖却很尊敬，称呼他"王大哥"。在上海工人第三次武装起义中，军委书记周恩来担任起义总指挥，王荷波成为他的得力助手。此前王荷波多次领导铁路、海员工人运动，还成功促成马尾海军起义，有了一定的军事经验，他受周恩来指派，来到上海工人起义第一线，负责指挥南市区工人纠察队作战。

在中共五大上，历来廉洁自律的王荷波当选中央监察委员会首任主席，八七会议上被选为临时中央政治局委员。不久，受中央派遣，王荷波出任北方局书记，与蔡和森一起来到北方，开展工作。1927 年 10 月间，奉系张作霖和晋军阎锡山开战，王荷波领导的北方局决定利用这一有利时机组织武装起义，市总工会组织了交通、纠察、侦察等 6 个队上街散发传单、张贴标语，不慎被巡警发觉，遭敌人追踪搜捕。10 月 18 日，王荷波在北京法政大学参加活动会，不幸被捕。

由于叛徒告密，王荷波在狱中遭受到严刑拷打、威逼利诱，他坚贞不屈，宁愿牺牲自己，也要保存组织，表现了一个共产党员的崇高气节。虽然遍体鳞伤，他依旧充满革命乐观主义精神，坚信马克思主义终会在中国胜利。他表示，为了人民的利益死而无怨，希望他的子女、亲属和他一样，做革命的人，"千万别走和我相反的道路”。这年11月11日深夜，王荷波在北京安定门外箭楼壮烈牺牲，时年45岁。

新中国成立后，1949年12月11日，中共中央组织部、中华全国总工会、中共北京市委等组成“王荷波同志等十八烈士移葬委员会”，将王荷波等烈士的遗骸移葬于北京八宝山革命公墓，周恩来主祭，李立三作王荷波专题事迹报告，对王荷波等18位烈士作祭文：

诸同志壮烈牺牲迄今已二十二年矣，当一九二七年之际，民族败类，外联帝国主义，内承封建余孽，国民党反动派，相继背叛于宁汉，奉系军阀，复逞威于京津，祸国殃民，无所不用其极，人民稍有反抗，则枉杀无辜，我革命志士，被其残害者，已不知凡几，而诸同志，亦竟惨遭毒手，各同志于被刑期中，虽历经酷虐，然始终不屈，临刑之时，犹复高呼口号，慷慨就义，此种为革命而牺牲之精神，不惟震慑当时反动派之胆，抑且鼓舞后起同志之气，奠定全国革命胜利之基。

呜呼，先烈已矣，而我革命同志咸能步武诸先烈之后，前仆后继，与人民公敌作殊死斗争者，亦复二十有二年矣，其间，掷头颅、挥热血，历二万五千里之长征，亘十一载对内对外之苦战，近日摧毁国民党反动统治，成立全国人民政府，建国都于北京，完成革命之大业，举其成果，亦当可告慰诸先烈于地下。惟念大业之成，最难于经始，设非诸先烈于革命事业肇建之初，持之以坚贞，示之以壮烈，使全国同志燃起同仇之火，而向反动派坚决奋斗卒底于成，固不能不归功于诸公之倡导，有以致之。

诸同志遗骸藁葬于安定门外地坛之北箭档迤南已久历岁时，今特移葬于斯，庶我安永忠灵，而为全国人民之矜式。

呜呼！哀哉！

尚飨。

4. 清风长啸

“挥笔落下如云烟，意志坚强可敌天”，这是阮啸仙10岁时在砚台上刻下的豪迈诗句。当时，他在村里“闻啸轩”学堂上学，与同学交谈时，常以历史上的英雄人物自许，为表达雄心大志，他取“闻啸轩”谐音，将自己的姓名阮熙朝改为“阮啸仙”，写下他壮丽人生的第一笔。

1916年，军阀龙济光部进入阮啸仙家乡河源，一时烽烟四起，满目疮痍，18岁的阮啸仙举目有山河之叹。当时，很多同学都辍学了，阮啸仙写下一封劝学信，与同学们相约“乘风破浪，做成伟大事，为山川生色，为乡约争光”，表达了他救国救民的远大抱负。两年后，阮啸仙考入广东省立第一甲种工业学校。在这里，他结识了周其鉴、刘尔崧、张善铭等志同道合的同窗好友，他们忧国忧民，志存高远，结下了深厚的同学情谊，日后相继走上革命道路。五四运动爆发，广州各界当然不落人后，在越秀南路东园广场召开了国民大会，支持北京学生爱国运动。会上，各界代表纷纷发表演讲，指出“如犹不自振奋，国破家亡，当可立见”，号召同胞速起讨贼，会场上群情激愤，犹如火山喷发，口号声如台风般呼啸。

阮啸仙与刘尔崧、周其鉴等一起，组织发动甲工学生参加了这次大会，很快成为广州爱国运动的骨干。不久，他们又积极联络各校学生，一起组织了广州中等以上学校学生联合会，阮啸仙、刘尔崧、周其鉴深入工厂、商铺、街头发表演说，盛赞五四运动新潮怒放，以此唤起民众的爱国热情。阮啸仙还参与领导创建广东社会主义青年团。

杨匏安来到甲工教书后，对阮啸仙、刘尔崧等人的爱国运动给予了极大支持。阮啸仙、刘尔崧、周其鉴被开除学籍后，杨匏安在报上大声呼吁，要求当局及学校应切实保护爱国学生。为了暂避风险，阮啸仙回到家乡，做了几个月的代课教师，并教学生们唱革命歌曲："云淡风轻，微雨初晴，假期恰逢良辰；已剪我发，已摺我襟，为了革命前进！"启发他们一起来改造罪恶的社会。这年冬天，阮啸仙回到广州，与刘尔崧、周其鉴等人一起出入甲工教师杨匏安的住处杨家祠，他们讨论最多的是马克思主义。阮啸仙曾经谭平山引介，拜访陈独秀，并邀请他到甲工作演讲，阮啸仙坐在前排作演讲记录，其后以干练作风受到陈独秀赏识，也就在这一年，阮啸仙成为广东最早的中共党员之一。

1922年3月，阮啸仙写下《社会主义与军人》一文，发表在《青年周刊》第二期上。他在文中大声疾呼"组织社会主义的军队——赤卫军"，认为"军人和劳工农民携手，军械在无产阶级之手，社会主义革命便有强大的武力团体"，以此创造自由幸福的社会。

这年7月，从甲工毕业后，阮啸仙、冯菊坡、周其鉴、刘尔崧等人到中国劳动组合书记部广东分部工作，他们创办了"爱群通讯社"，作为书记部广东分部领导工人运动的公开机构，并出版《星期报》。阮啸仙等人以通讯社记者身份，经常深入工厂、学校、农村和群众团体中，进行革命宣传，秘密发展青年团员，推动劳工运动。1923年，书记部广东分部关闭，阮啸仙又与刘尔崧等人一起组织"广东新学生社"，作为青年团的外围组织，阮啸仙担任该社执行委员会书记，将"新学生社"发展为青年运动的一股强大力量。

1923年初夏，陈独秀找来阮啸仙，让他负责整顿团组织：“去年陈炯明叛乱后，广东团组织出现了涣散现象，有必要进行整顿，使大家一齐向社会主义的道路走。”当时，这项工作困难大、任务重，阮啸仙在一封信中写道，“我初接收，好像百孔千疮，不知从何做起”，但他相信“只要坚持奋斗、坚持牺牲，前途的故障总有打破的一日”。

6月间，中共三大在广州召开，阮啸仙和谭平山、刘尔崧、冯菊坡代表广东党组织出席。8月，阮啸仙出席社会主义青年团第二次全国代表大会，当选为团中央执行委员会候补委员。10月，阮啸仙出任团广东区执行委员会委员长。11月，中共广东区委和团广东区委参加国民党改组工作，阮啸仙任国民党广州临时区党部执行委员。军阀陈炯明妄图反攻广州时，阮啸仙从新学生社社员和青年团员中组织了30多人的“青年慰问队”，冒着枪林弹雨，到前线阵地慰军。

1924年7月，彭湃发起组织农民运动讲习所。阮啸仙担任了第一届至第六届的教员，并出任第三届讲习所主任，与彭湃、毛泽东等一起，在讲习所培养坚忍卓绝的农民运动战斗员，其中学员大部分为中共党团员，学员毕业后被派遣到各地训练农民自卫军，为后来的革命斗争培养了众多骨干。

这年10月，阮啸仙来到花县考察农民协会，在五湖村王氏大家祠显承堂门旁亲笔书写了“坚忍卓绝为吾人本色，奋斗牺牲是我辈精神”的对联，这成为他革命生涯的真实写照。

中共广东区委设立农委会，阮啸仙任农委书记，在花县、顺德开展农民运动，组织农民协会和农团军，与地方豪绅和民团展开斗争。为了集中力量从事农民运动，阮啸仙决定与国民党脱离关系。于是，他在《广州民国日报》刊登“阮啸仙启事”，表示自动脱离国民党，专做农运工作，足迹遍布东江、西江、北江等广大农村，并于1926年撰写了《中国农民运动》一书。认识阮啸仙的农民称他是“脚上有牛尿的读书人，不是耕田人像耕田人”。当时还流行一首童谣：“阮啸仙，阮啸仙，农民见了哈哈笑，地主见了哇哇叫!”鲜明地赞扬阮啸仙的功绩。

1926年5月，广州各界举行纪念五卅大会并游行示威，毛泽东、阮啸仙等率农讲所学生参加十万群众大游行，当时大雨滂沱，群众精神振奋，高呼口号，唱革命歌曲。回所后，毛泽东又冒雨演说十分钟，阮啸仙与一众学员听得心潮澎湃。

11月，中共中央设立农民运动委员会，毛泽东担任书记，阮啸仙和彭湃等为委员，领导全国农民运动。繁重的工作严重损害了阮啸仙的健康，一年内他两次因病入院治疗。

1927年4月12日，蒋介石在上海发动反革命政变。广东国民党反动派在蒋介石授意下，于4月15日对共产党人和革命群众进行血腥大屠杀。阮啸仙上了南京国民党的“清党名单”，当时，他正在粤北农村指导农民运动，获悉广州国民党大肆屠杀共产党人的消息后，十分气愤。他拖着病体，不顾个人安危，秘密潜回广州，协助中共广东区委部署转入地下斗争。四五月间，中共五大在武汉召开，阮啸仙缺席会议，仍当选为中央监察委员会委员，这是党组织对他革命成绩的最大认可。

大革命失败，全国各地笼罩在白色恐怖当中。受党组织派遣，阮啸仙于1928年初组织声势浩大的仁化农民暴动，建立了苏维埃政府，他被推选为苏维埃政府主席，在四面白色恐惧的包围中，这一红色政权巍然屹立10个月之久。

1928年6月，阮啸仙与李立三、邓中夏、苏兆征、李富春等广东代表前往莫斯科，参加中共六大，出席代表包括瞿秋白、周恩来、向忠发、蔡和森、项英等 142 人。会上，阮啸仙就六大政治报告和农民与土地问题作了发言，对仁化农民武装暴动的斗争情况也作了详细介绍。在这次大会上，阮啸仙被选举为中央审查委员会委员。从莫斯科回国后，阮啸仙先后到中共江苏省委、中央宣传部工作。不久，又调任中共北方局组织部部长，辗转于天津、内蒙、辽宁、上海等地。

1929 年，阮啸仙得到了失散的爱人高恬波的消息。高恬波与阮啸仙在广州学生爱国运动中相识，因共同的革命追求而相知、相爱，结为革命伴侣。高恬波是广东省第一个女共产党员，一直致力于妇女工作，担任过团广东区委妇女支部首任书记，也曾参加北伐。广州起义失败，两人失去联系，从此天各一方。没想到，再次得知高恬波的消息，竟是她遇难的噩耗。1929 年 12 月，高恬波在南昌执行革命工作时，因叛徒出卖不幸被捕，她严词拒绝敌人的威胁利诱，数日后即遭杀害。听到这个消息，阮啸仙难掩悲痛，引用“出师未捷身先死，长使英雄泪满襟”的诗句来深切悼念他最亲密的战友和爱人。

杀戮并不能使革命者退却和彷徨，带着对爱人的怀念和对敌人的仇恨，阮啸仙又投入了新的战斗。1930 年冬，阮啸仙赴沈阳指导中共满洲省委工作。次年日本帝国主义发动九一八事变侵占沈阳，中共满洲省委遭到破坏，阮啸仙幸而逃脱，于 12 月初拖着病体回到上海。一次他外出寻访党中央机关，旧病复发，倒在路上不省人事，幸遇路人帮忙，才得以入院接受治疗。

潮涨潮落，土地革命星火燎原，革命根据地捷报频传，如同站在海岸遥望海中已经看得见桅杆尖头了的一艘航船，如同立于高山之巅远看东方已见光芒四射喷薄欲出的一轮朝日……阮啸仙渴望投奔中央苏区。1933 年秋天，阮啸仙多方辗转，进入中央革命根据地中心——江西瑞金叶坪村。当时，中央苏区内有投机腐败分子利用职务之便侵吞公款、涂改账目、销毁单据、假造凭证等事件发生。苏维埃中央政府将建立各级审计监督机制提上了议事日程。1934 年 1 月，阮啸仙在中华苏维埃第二次全国代表会上当选为中央执行委员兼中央审计委员会主任，成为中国共产党历史上第一位“审计长”。他一上任，大力着手解决财务管理混乱、奢侈浪费严重等棘手问题，健全审计组织，为审计人员规定了“六不准”工作纪律：不准偏听偏信；不准弄虚作假；不准漏查和作不精确统计；不准徇私用情；不准吃馆子或吃公饭，外出审查一律自带干粮；不准收受被审计人员任何物品。他还组织人拟写《审计条例》，对审计责权以及其他要点作了清晰的规定，这个条例后由苏维埃中央政府执行委员会审查通过并公布实施。

阮啸仙在中央苏区看到了孩子眼中的希望，看到了人们开朗的笑容，对贪污腐化行为更是痛恨到不可容忍的地步。他绝不允许红色政权受到一点点腐蚀，带领审计人员接连对中央直属瑞金县、中央印刷厂、邮政总局、贸易总局、粮食调剂总局等单位进行财务审计稽查，追回一笔笔贪污款项。由于阮啸仙雷厉风行、严谨果敢的作风，大胆揭露问题，红军战士和苏区群众都尊称他是审计战线上的一把“铁算盘”，他和全体审计人员被誉为“苏区经济卫士”，使苏维埃政府达到了“空前廉洁”，苏区群众中还传唱开一个顺口溜：“阮啸仙，真过硬，审计肃贪是能人，群众见了哈哈笑，贪贼见到失了魂。”阮啸仙由此为我国审计事业作出了贡献，这也是他的纪检监察事业的一种延续。

1934 年 9 月，陈毅提议，由阮啸仙接任中央赣南省委书记兼赣南军区政治委员。在于都县，陈毅与阮啸仙一起研究赣南省的工作，他首先表达了对阮啸仙的钦佩和关怀：“啸仙同志，你在中央审计委上为苏区的空前廉洁立下了汗马功劳！作为中执委委员，现在叫你到地方工作，真是委屈你了！”

“在哪儿都是干革命，请陈毅同志放心！”阮啸仙咳嗽着回答。

“身体是干革命的本钱，一定要保重身体！”陈毅对眼前这位不计较个人得失的战友，再次表达了自己的关怀。

1934年10月，中央红军突围西进，开始万里长征。项英、陈毅、阮啸仙等人奉命留在赣南坚持游击战争。

阮啸仙不顾时好时坏的哮喘疾病，与钟世斌、蔡会文、刘伯坚等组织赣南军民广泛开展坚壁清野，巩固和扩大济南根据地，同时疏散、安置留在中央苏区的红军伤病员及领导干部家属。

1935年2月，留在苏区的中央分局决定分散突围。在十万火急的突围时刻，腿部受伤的陈毅拄着拐，来到赣南省委机关驻地，大家都十分兴奋。阮啸仙请陈毅说几句话，陈毅神情坚毅，大声地说道：“我们的红军战士都是革命的英雄，胜利的时候是英雄，困难的时候更要当英雄！”说完，他与大家一一握手，并对阮啸仙说道：“啸仙同志，请保重身体，等我们都胜利突围后，你要好好地住院看病！”阮啸仙动情地说：“陈毅同志，你也要保重身体……”

3月5日，阮啸仙、蔡会文、刘伯坚率赣南省直机关等2000余人开始突击。次日凌晨，突围队伍在赣南信丰境内遭敌包围，敌军形成了猛烈的火力交叉射击，阮啸仙拖着疲惫的身躯，在指挥战斗中，不幸被敌弹击中，壮烈牺牲。

在中共赣粤边特委、军分区所在地油山，陈毅惊悉阮啸仙和中央军区政治部主任贺昌先后牺牲的噩耗，彻夜难眠，一气呵成写下《哭阮啸仙、贺昌同志》一诗，抒发他对昔日战友的悼念之情：

环顾同志中，阮贺足称贤。
阮誉传岭表，贺名播幽燕。
审计呕心血，主政见威严。
哀哉同突围，独我得生全。

第四章

回到上海、血染龙华

1. 血色江山

壮丽的江山，这样摊开在江岸上。

滚滚江水中，轮船溯江上行。罗亦农、王荷波、张佐臣、杨培生一行人无心于江岸景致。他们交谈着时局，不久又都沉默下来。自四一二反革命政变以来，杨培生已经有十来天没和家里人联系了，这时候他们应该都在为着自己担忧吧！

1927 年 4 月 22 日晚上，街头枪声不断。杨培生与人撤退，直到上船前往武汉参加中共五大，一直不敢和家里人联系。他不知道，4 月 13 日，妻子周筱发就让大儿子杨文元去上海总工会机关三山会馆打探他是否安全。4 月 11 日的傍晚，杨培生的两个儿子来过三山会馆，给已经好几天没有回家的父亲送衣服。当时三山会馆门口堆放了很多沙袋，几十名武装纠察队的工人正在站岗。杨培生见到儿子后，告诉他们外面形势不好，叮嘱他们赶快回家，不要在外逗留。这次，杨文元快到三山会馆时，看见会馆已被封闭，门前还有军警守着，依稀可见大门上枪洞累累，满是激战后的斑驳，四周无一行人。杨文元转身就走，回家把情况跟母亲一说，全家人开始偷偷打听杨培生的下落，但始终没有消息，一家人既担心杨培生遭遇不测，又感叹还好没有坏消息传来，终日惶惶不安。

潮起潮落，他们到达武汉，在码头上受到国民党湖北省党部、省农民协会、妇联和学联的欢迎，当晚还为他们准备了欢迎宴会。在宴会上，有人提到五卅运动和上海工人武装起义影响巨大，沉重打击了帝国主义列强和资产阶级，鼓舞了其他地区同志的革命热情。为此，希望上海同志介绍这两次运动的经过，分享斗争的经验。

看到大家这么迫切地想了解上海的革命情况，杨培生毫不犹豫站了起来。他首先作了自我介绍：“我叫杨培生，上海一家英商船厂的工人，工人兄弟受的苦我最清楚。平日里，我们深受资本家的剥削和压迫，他们像吸血鬼一样想要吸干我们的血，而我们干死干活，连饭也吃不饱，老板想打就打，说开除就开除，根本没有道理可言。我们以前下工时，他们还要搜身，经过我们罢工反抗，才赢得了不被搜身的尊严。不过，工人们最初都是自顾自地斗争，有时候还要互相拆台，资本家根本不害怕工人反抗。自从共产党来到工人中间，开设平民夜校，教工人们识字，告诉我们革命的道理，在党的领导下，我们成立了各行业工会，工人才开始拧成一股绳，大家商量好了跟敌人谈条件，与敌人作斗争，这才使斗争获得了成功。”

说到这里，杨培生神情开始变得愤怒。“在这里，我也想向大家报告一下，上海第三次工人起义胜利后的情况，控诉一下蒋介石的凶残。3 月 26 日，蒋介石来到上海，他一面装出革命，给上海工人纠察队赠送了‘共同奋斗’的锦旗，其实暗地里在布置‘清党’行动。4 月 11 日晚，我们上总委员长汪寿华同志被敌人邀请去做商谈，结果就再也没有回来，原来已被他们秘密杀害。4 月 12 日，几百名青帮流氓，臂缠白布黑袖章，冒充工人从租界出发，向闸北、沪西、吴淞、浦东、南市等区工人纠察队驻地发动进攻……”

那一天的情景，后来经过汇总，此刻全部浮现在杨培生的眼前，有一股悲郁之气堵在胸口。

当天受到青帮流氓的袭击后，工人纠察队被迫奋起自卫反击。国民革命军第二十六军以“工人内讧”进行调解之名，收缴了工人纠察队武装。当日凌晨，浦东烂泥渡、陆家嘴、杨家渡等处的工人纠察队也遭到偷袭，被缴枪械300余把，子弹万余发，死伤10余人。春江码头的工人纠察队得到上总的通知，加强了戒备。但半夜时分，军队趁工人困倦休息之际一哄而入，打死8名纠察队员，并收缴了枪支。有人当场质问：“这些武器是工人用血换来的，你们凭什么要拿走！”国民党党部人员威胁说：“工人做工，要武器干吗？如果有坏人捣乱，军队会保护你们，谁胡闹就地枪决。”说着，命令士兵把枪支全部缴走。

4月13日，上海工人和市民在闸北青云路广场召开10万人群众大会，并举行示威大游行，要求释放被捕工人，交还工人纠察队枪支，惩办流氓。当队伍行进至宝山路三德里附近时，埋伏在此的军队向人群开枪扫射，大批手无寸铁的工人和市民惨倒在血泊之中。宝山路上血流成河，惨不忍睹。

至4月15日，上海工人300多人被杀，500多人被捕，5000多人失踪。

4月中旬，中共上海区委召开会议，决定由杨培生代理上海总工会委员长，上总及各产业总工会、区工会联合会均由公开转入地下……

杨培生将这些情况作了简单汇报，没有慷慨激昂，只有沉郁的讲述。因为他知道，事实最能打动人。最后杨培生说道：“孙中山先生讲过，革命尚未成功，同志仍须努力！在这里，我也要诚恳地感谢湖北的工人兄弟在我们斗争最辛苦、吃不饱饭的时候，给我们捐钱，让我们渡过了难关！让我们为了革命成功继续努力！”杨培生字字泣血的演讲，很多人都是含着泪水听完！

不久，中共五大举行，中央监察委员会应运而生，选举出一批有信仰、无私心、懂奉献的中央监察委员会委员是当时与会同志们的共识。杨培生入党仅仅两年，但他在工作中能力突出，有担当，且从不为自己谋私利，一心一意为工人兄弟，所以深受同志们的认同，当选了中央监察委候补委员。

五大闭幕后，杨培生打算留在武汉开展革命斗争，但形势转变极快，5 月 17 日，原驻宜昌的第十四独立师师长夏斗寅率部进逼武昌。21 日，第三十五军第三十三团团长许克祥在长沙收缴工人纠察队枪械，捕杀共产党员和革命群众百余人。此后，驻扎江西的国民革命军第五方面军总指挥朱培德也叛变革命……为了尽快恢复上海的党团工会组织，党中央几经考虑，认为杨培生熟悉上海的革命环境，对恢复党中央机关和工人运动有很大帮助，指派他回上海工作。

当时，上海党组织机关基本被破坏殆尽，大批党员被捕牺牲，回上海继续工作很可能会有生命危险。但是，杨培生接到党组织的调令后，毫不犹豫地接受了任务，毅然决然乘船返回。

杨培生回到上海，立即投入恢复上海总工会的工作。此时的上海笼罩在严重的白色恐怖中，他身边的同志有的潜伏避祸，有的被捕，有的已不幸牺牲，党组织的活动完全转入地下。杨培生本人也在反动当局通缉的要犯名单上。为此，他只能改名嫩枝，继续开展革命工作。而全家人也为杨培生的处境担惊受怕。

杨培生入党后，为了组织工人运动，常常忙得回不了家，要不回家也在深夜。一开始，他跟妻子解释说在外头有应酬，妻子周筱发很不理解，埋怨他不顾家。时间一长，他索性把自己做的工作告诉了妻子，周筱发虽然没念过书，但知道杨培生在为工人兄弟做事，十分支持他，只是担心他的安全。

四一二反革命政变的发生，特别是杨培生下落不明的那段日子，全家人犹如惊弓之鸟，害怕传来他牺牲的消息。直到杨培生从武汉给家里写了封信，全家人才放下心中的一块石头。杨培生从武汉回来，妻子周筱发又开始担心了，劝他：“你一个四十几岁的人，还有家小，万一有个好歹，我怎么办？孩子们怎么办？你看，汪寿华走得不明不白的，到现在也不晓得去哪里了，你不要再跟他们作对了，去海参崴亲戚家避一避吧。”

当时全家人不仅要担心杨培生的安全，还要考虑着怎么吃上一顿饭。而杨培生一个远房亲戚在海参崴双城子做生意，去那里不仅能避开敌人追捕，跟着亲戚做生意，还能解决生活上的困顿。其实，杨培生作为祥生船厂领班时，工资并不低，一家人生活绰绰有余。但是他多次帮助工人“合会”，特别是五卅运动和多次罢工中，为了帮助罢工工人渡过难关，他出面借了不少钱给大家解决温饱。上海工人三次武装起义，为了筹措武器，他甚至卖了川沙老家的祖田。这样，他还是欠了不少外债。因此，每个月拿到工资后，除了留下一笔生活费外，其他的钱都用来还债了。雪上加霜的是，1927 年 2 月，祥生船厂老板慑于杨培生在工人中的威信，怕他再组织工人罢工，将他开除出厂。没有了主要经济来源的杨家人，生活更加艰难，全家一直过着半饥半饱的生活，大儿子杨文元为了减轻家中负担，辍学去浦东英美烟厂当了童工。

这时，杨培生长期为工作殚精竭虑，已然积劳成疾，但这没能动摇他继续革命的意志。他告诉妻子：“我们做革命工作，不能怕这怕那。汪寿华委员长为了革命，连命都丢了。而且我们之所以要革命，是要造福全国人民，只有大家都有一口饱饭吃，有新衣穿，将来文元他们才不用再过现在这样的苦日子，为了将来过美好的生活，需要我去革命。”

在他的劝说下，周筱发默默地支持着他的工作。施小妹是杨培生的下属，常常到杨家来聊工作，来的次数多了，容易引起敌人的怀疑。因此，施小妹常常与周筱发在杨家门口聊家常，借此把消息转告杨培生。当其他同志到杨家来开会时，周筱发就坐在门口，一边干活，一边为大家望风。

当时，常有来历不明的人来杨家查问，或是问杨培生去了哪里，或是问他什么时候回家。在这样的情况下，杨培生夫妇只能强忍心中的不舍将其他孩子送回了川沙老家，只有小儿子还小，实在放心不下，才留在身边照顾。

1927 年 6 月上旬，中共江苏省委成立，杨培生担任了执行委员。可转眼间，在腥风血雨中诞生的江苏省委就遭到了敌人的扼杀。6 月 26 日，在施高塔路恒丰里 104 号的省委机关被破坏，省委书记陈延年、郭伯和、黄竞西、韩步先 4 人被捕。在敌人的严刑拷打之下，韩步先叛变，不仅指认了陈延年等人，还供出了上海总工会秘密地址，上海总工会设在北四川路横浜桥和狄思威路（今溧阳路）附近的两个秘密机关遭到破坏。

那天是 6 月 29 日，杨培生、张佐臣等人正在召集下属工会会议。周筱发抱着 3 岁的小儿子在弄堂口望风，突然从旁边蹿出几十个手持短枪的便衣特务，包围了房子的前后门。她想要报信已经来不及了，几个明显很熟悉地形的特务直接冲上了楼。周筱发眼睁睁看着自己的丈夫被拖上汽车。同时被捕的还有张佐臣、董星吾等 9 人。他们先被押送到狄思威路巡捕房，当晚又转押至枫林桥国民党上海警备司令部军法处。

杨培生在关押期间都以化名应对，但在叛徒指认下，他的身份很快暴露了。狱警对他严刑拷打，逼他说出中共中央机关的秘密地址和其他同志的下落，但是杨培生毫不畏惧，始终一言不发。回到狱中，他对狱友说：“我们既已被捕，只有死而已，诸同志宜各努力奋斗。”

杨培生、张佐臣被捕后，党组织万分焦急，想方设法准备营救。此外，一些曾经受到杨培生帮助的工人兄弟知道后，也争相奔走，他们都觉得杨师傅不是做坏事的人，是解急救困、为工人出头说话的自己人。几十个工人为此凑了担保费，还联名写下担保书。次日，他们派代表陪着周筱发，带着担保金和担保书前往军法处探监，希望能把杨培生保释出狱。

到了军法处，工人代表问看门狱警：“杨师傅为什么会被抓？他不是坏人，我们很多人都能证明，这里是大家的担保书。你看，大家都按了手印的。对了，我们还准备了保释金。”说着，便把担保书和保释金都塞给狱警。周筱发也在旁边说：“不能保释的话，让我们见他一面吧。”

狱警捏了捏手中的钱：“等会，我去问问。”一会儿，他出来告诉周筱发他们：“人，你们今天不要见了，明天来领就好了。”

大家放心地回去，准备第二天来接杨培生。事实上，因为威逼利诱和严刑拷打都奈何不了杨培生，无计可施的敌人已经决定对他下毒手。临刑前，杨培生神态自若，和张佐臣一起高唱着国际歌。血色江山，在他们面前摊开……

7 月 1 日，当周筱发和工人兄弟满怀希望准备接杨培生出狱时，接到的却是他的遗体，周筱发悲痛欲绝。同行工人当即联系了祥生的老工人，大家集体请愿，并与英国老板交涉，厂方被迫同意工人用小火轮去龙华将杨培生的遗体运回川沙小营房老家安葬。在中国济难会编印的《牺牲》中，《杨君培生事略》一文称：“杨君老成持重，处事有方，为人且极和蔼镇静可亲。上海工人对杨君之死，同声哀悼不已。”

2. 燃尽青春

张佐臣回到上海，革命者的鲜血已然染红黄浦江。早先与他一起工作的同志，牺牲的牺牲，隐蔽的隐蔽。张佐臣满心悲愤，之前在组织无锡幸存同志及时疏散、撤退后，他赶赴上海向上级党组织请示应变措施。党组织决定由他继任上海总工会委员长汪寿华的工作。

汪寿华，是张佐臣的浙江同乡，牺牲时只有 26 岁，回国参加革命刚两年。

一个多月前，上海工人第三次武装起义取得胜利，上海人民欢欣鼓舞，沉浸在胜利的欢乐中。3 月 27 日，汪寿华面见蒋介石，在第二天他向上海区委汇报与蒋介石见面的情况："昨见老蒋，先加慰劳，他并无赞扬上海工人。""蒋介石提出要工会方面听军事当局指挥，我没有答复。"蒋介石与杜月笙密谋除掉汪寿华。4 月 11 日，杜月笙邀汪寿华晚上赴宴，有人劝他不要去，汪寿华泰然表示："若是不去，反叫人耻笑，就算有危险，也可以藉此揭露他们的阴谋!"当晚 8 时，汪寿华大踏步进入杜宅铁门，被袭击并装入早已预备好的麻袋，塞上汽车，最终惨遭秘密杀害。春风呜咽，如同抗议。

黑云压城。蒋介石对共产党人进行大肆搜捕和屠杀。中国共产党的组织全部被迫于转入地下。上海总工会被封闭，工会会员锐减。张佐臣不顾危险，受命担任上海总工会副委员长一职，他不断召集各方面的工会干部碰头，鼓励大家坚强起来，在这形势逆转关头，千万要镇静，不要被反动派的屠杀吓倒。张佐臣告诉大家组织还在，斗争还在继续，一定要坚定信仰！

4月16日，上海区委召开特别会议，陈延年、周恩来、李立三等出席，张佐臣以执行委员和总工会负责人身份出席。陈延年、周恩来在会上均作了发言，陈延年在广东领导过全党最大的区委，有着丰富的工作经验，也是最有能力的书记之一，对蒋介石反动倾向一贯持警惕和强硬的态度。陈延年首先说道："革命，血总是要流的。我们不要为敌人的淫威所吓倒，不要因革命的暂时失利而气馁。这次我们吃了大亏，也使我们对国民党反动派的本质看得更清楚了，也把我们党锻炼得更精明干净了。革命斗争是长期的，广大的工农群众是心向中国共产党的，只要我们善于总结教训，最后的胜利，绝不是属于敌人，而是属于我们。"

周恩来更是十分愤激地表示："对蒋介石的态度已经不能再和缓，打击蒋介石的斗争已经不能再犹豫，务必请中央马上派得力人员来东南准备军事活动！"从陈延年、周恩来的身上，张佐臣看到了年轻的中国共产党的希望！

4月22日，张佐臣、杨培生、罗亦农、王荷波等人登上驶往汉口的轮船去参加中共五大。抵达武汉后，他们受到了湖北省总工会、国民党湖北省党部及省农民协会、妇联、学联等团体的欢迎。湖北的同志在雪花世界举行了隆重欢迎仪式。浓厚的革命气氛、深切的同志之情，使刚离开白色恐怖的张佐臣等人感受到温暖。在中共五大上，张佐臣当选中央监察委委员，不久，在第四次全国劳动大会上，再度当选中华全国总工会执行委员。

当时，武汉三镇齐集着一批将深刻影响中国历史的国共两党要员，不过，在经济上正经历着特别大的困难。由于受到中外反革命势力的包围，武汉物价高涨，日用品缺乏，厂店停闭，大批工人失业，人心浮动。资产阶级和小资产阶级迅速动摇，反革命活动已然表面化。驻守湖北嘉鱼的夏斗寅部公开叛变，长沙许克祥发动马日事变，残酷屠杀革命群众。在武汉的国民党中央和国民政府迅速走向反动。

中共中央指示部分负责干部回到有群众基础的东南各省恢复工作，张佐臣、杨培生等当即秘密赶回上海。在极端困难的环境里，张佐臣以更大热情负责恢复、重建上海总工会，以保存革命骨干、积蓄革命力量。他告诉还在坚持的总工会干部："敌人封闭了我们的总工会，我们上海的工人团体就此涣散了吗？没有！固然我们的工人处处受着摧残，但是我们的力量不会被消灭！只要有一粒火种在，革命的烽火就可以卷土重来！"

1927年6月，中央决定，撤销中共上海区委，组建中共江苏省委和中共浙江省委，上海市区隶属江苏省委领导，陈延年、赵世炎、郭伯和、王若飞、韩步先等担任江苏省委委员，陈延年为书记。6月26日，韩步先叛变，刚成立十几天的中共江苏省委遭破坏。当天，国民党上海警备司令部大批军警包围了江苏省委机关——施高塔路恒丰里104号，这是一幢砖木结构三层楼石库门住宅，陈延年身穿短衣，裤腿上扎着草绳，见已躲避不及，拿起桌椅板凳，奋不顾身与军警搏斗，终因寡不敌众被捕。

6月29日，上海总工会机关也暴露了。当时，张佐臣、杨培生等正在北四川路横浜桥附近上海总工会秘密机关（杨培生夫妇居住地），召开工会组织员会议，杨培生的妻子抱着孩子在弄堂口"望风"。

突然，从弄堂口蹿进来几十个便衣特务，手提短枪，包围了机关前后门，杨妻连报信都来不及，刚喊了一声，特务在告密者的带领下已抢先进门。张佐臣、杨培生等人当即被捕，押送至狄思威路（今溧阳路）巡捕房，当晚移押至枫林桥国民党上海警备司令部军法处。

尽管张佐臣用了化名，还是暴露了身份。在审讯期间，张佐臣遭到敌人的严刑拷打，但他毫不屈服。张佐臣被关押在监狱期间，对同时被捕的另一同志低语说：“你是不要紧的，我是危险了，因为那个走狗当堂指认我们几个人是做什么工作的……但革命是会胜利的，你一定要坚持下去。”

他还对难友说：“如果你们能出去，请带一信给我妻子，她在苏联，叫她不要难受，再嫁一个好人。”

第三天，反动派对他们下了毒手。张佐臣与杨培生等 4 人肩并肩走向刑场。临刑时，他们神色自若。生死之间，有革命者，面不改色，微笑高歌。对此，刽子手临时决定改枪杀为砍杀，滚烫的革命热血喷洒而出，张佐臣牺牲，年仅 21 岁，他在革命斗争中，燃尽了青春。

7 月 3 日，张佐臣遗体才被上海总工会的同志找到。4 日中午，张佐臣悼念祭礼在湖州会馆殡舍举行，与会同志痛哭不已。有一位姓许的女同志也来参加悼念会，她是张佐臣的秘书，她哭得最为伤心，与会同志宽慰她道：“要化悲痛为力量，佐臣未了的工作，我们去替他完成，这是最好的安慰。”

3. 鹃血宇宙

1927年8月，根据中央指示，许白昊奉调上海。那时，他的妻子秦怡君正在医院生产，许白昊赶到医院，要秦怡君赶紧带着孩子和母亲一起回农村暂避一阵。局势很危急，他自己就要和部分同志一起去上海了，他将在那里等待着与她和孩子团聚。

时间回到一年前，1926年9月初，北伐军兵临武汉城下。许白昊作为当时汉口区委和工会系统主要负责人，以汉冶萍轮驳工人为基础，将轮驳工人、木船工人、铁路工人、人力车夫、码头工人骨干等秘密组织起来，成立交通队、侦探队、向导队、担架队、运输队，为北伐军提供强有力支援。10月，在北伐军进攻武汉的隆隆炮火声中，湖北全省总工会在汉口宁波会馆宣告成立，湖北工人阶级有了自己公开的战斗司令部。许白昊担任湖北全省总工会秘书长、财政部部长、经济斗争委员会委员长。他审时度势、不失时机地抓住国共合作的有利形势，在不到半年的时间里，快速健全了省总工会各职能组织，迅速壮大了工人运动的骨干力量。北伐军攻克武汉后，许白昊带领和组织指挥武汉工人纠察队4000余人，巡逻于武汉三镇重要地带，确保北伐军胜利攻克武汉后的社会稳定。

在中共五大上，许白昊当选首届中央监察委员会委员、中共中央职工运动委员会委员。一个月后，在第四次全国劳动大会上，再次当选中华全国总工会执行委员。在第四次全国劳动大会上，大多数代表要求继承上海死难烈士精神，打倒蒋介石，为烈士复仇，许白昊受到此一精神感召，在国民革命走到尽头时仍在进行着战斗。7 月 25 日，许白昊与向忠发联名在《汉口民国日报》刊登署名启事，声明与湖北工人同生死、共患难。8 月 4 日，湖北全省总工会被国民党接收，向忠发被明令通缉，许白昊不得不转入秘密斗争，来到上海。

上海是中国共产党的诞生地。蒋介石国民党军、警、宪、特务在上海大肆搜捕共产党人。蒋介石成立南京国民政府时，发布所谓“清党名单”，许白昊位列其中。

许白昊奔赴上海之前，同在通缉名单上的陈延年、赵世炎等江苏省委主要负责人，张佐臣、杨培生等上海总工会负责人，于 1927 年 7 月间牺牲，上海成了“狼虎成群”的恐怖世界。在这样残酷的背景下，许白昊没有丝毫恐惧，没有提出任何借口，登上了前往上海的客轮。第一次沿江而下时，他只是一个因家庭经济困难辍学的穷学子，8 年后他变成一个心志坚定的革命者。

到上海后，许白昊担任中共江苏省委委员、上海总工会党团副书记、上海总工会组织部部长，与郑覆他夫妇租住在重庆路马霍路一间当街房子里，郑覆他时任上海总工会委员长。

郑覆他，1923 年冬参加中国共产党时只有 19 岁。五卅运动中，21 岁的郑覆他组织领导印刷工人参加罢工。在准备上海工人第三次武装起义时，他被巡捕房拘捕并引渡到军阀李宝章部，当时判了死刑，经多方营救获释。出狱后，郑覆他继续参加上海总工会的工作。上海工人真正打响第三次武装起义的枪声时，郑覆他组织邮电和市政部门职工占领了电话局、电报局，有效地配合了全市的起义。

这年 9 月底至 10 月初，中共中央迁回上海，当时瞿秋白等认为中国革命潮流处于高涨态势。江苏省委还发布通告称：“上海暴动时期……现在确确实实的到来了。”为此，许白昊和郑覆他组织沪东纱厂和英商电车工人大罢工，希望以此为基础扩大罢工潮，并进而发动第四次武装暴动、夺取政权。不过，在蒋介石半年前的大屠杀中，上海工人群众惨遭打击，工会体系受损严重，虽然部分骨干分子革命意志坚定，敢打敢冲，普通工人群众难免心存疑虑，即使许白昊与郑覆他作出了巨大努力，罢工实际上未达成斗争效果。

这一年底，广州起义失败。白色恐怖的潮流淹没了整个中国。张太雷牺牲后不久，瞿秋白撰写《悼张太雷同志》一文，发在《布尔塞维克》上，他在文末写道："我们的党在白色恐怖之下已经牺牲不少负责同志：李大钊、陈延年、赵世炎、王荷波……，如今张太雷同志又做了白色恐怖之下的牺牲了。"大革命失败了，很多革命者都有着失去同志的悲伤。

而许白昊在悲伤之余，还为湖北党组织传过来的一件事情而焦急。奉调来上海时，许白昊担任湖北全省总工会财政部部长，他将自己管辖的一笔数万元工会经费和详细账单全数移交湖北省委管理。现在湖北同志反映，该笔款项已尽数用光，并且账目不详。

粉身碎骨浑不怕，要留清白在人间。这个世界上，总有这么一些人把自身清白看得比命还重要。在武汉时，许白昊父亲许宗模来汉口住过几天，临回家前，许白昊塞给父亲一些路费，许宗模买好车船票后发现剩下的钱仅够喝一杯茶水。当时，许白昊手里掌握着大笔革命活动经费。但那毕竟是公款，对久未谋面的老父亲，他也未曾挪用一分一毫。对这笔工会经费可能出现的问题，许白昊心急如焚。于是，在 1928 年 1 月 7 日他与曾任湖北全省总工会负责人的项英、刘少奇一起联名上书党中央："我们郑重的请中央查办湖北全省总工会存湖北省委的经济用途……绝不能疏忽！……如该款开支账目不明及用途不清不正，需湖北省委负责人绝对负责……以免重蹈‘二七’京汉恤款之覆辙，重危本党对工人阶级之信任而维党纪！”

接到中央指示后，湖北省委、湖北省监察委联合组成经济查办委员会，查实了许白昊所反映的工会经费被挪用情况。此后中共湖北省委连续发出4个通告，对各级党组织和党员干部的政治纪律、组织纪律和经济纪律等作出明确具体的规定，中国共产党的纪检工作实践迈出了坚实步伐。

1月22日，许白昊又与项英、郑覆他联名给党中央写信，请求党中央在召开六大前夕，充分听取和收集来自基层党组织、党员和各同志对于党的建设及中国革命前途等重大问题提出的意见及建议，信中恳请党中央：“1. 由中央通告各级党部开始讨论大会中之问题及发表各种意见，以供大会参考。2. 中央在目前至大会期间将出一种刊物，专登载及发表各党部及各同志对于大会之意见。特此建议并希采纳为盼。”

这封信自有其深意，由于1927年11月中央临时政治局扩大会议强调，中国革命形势是“不断高涨”，性质是“不断革命”，在中央领导机关形成了“左”倾盲动错误，当时中央临时政治局下达的某些指令，不顾党处在白色恐怖之下的残酷现实，脱离中国革命实际，常出现忽右忽“左”的倾向，要么畏缩退让，要么盲动冒险，导致党组织和人员付出极为惨重的损失。许白昊、项英、郑覆他商量认为，为避免重蹈覆辙，需要认真总结大革命失败以来的经验教训。

这封信还未得到中央的批复，2月16日和2月17日，上海党组织和上海总工会分别召开会议。在上海公共租界北成都路刺绣女校，江苏省委组织部部长陈乔年主持召开由各区组织部部长参加的联席会议。第二天，在沪西黄浦区新闸路酱园弄一工人家中，上海总工会召开各区工会特派员和产业工会负责人秘密会议，传达贯彻中共中央会议精神和全国总工会第一次执委扩大会议精神，许白昊出席。两个会场先后被包围，陈乔年、许白昊、郑覆他等人被捕。

这是江苏省委和上海总工会继1927年6月陈延年、赵世炎，张佐臣、杨培生等被捕之后，遭到的第二次大破坏，相隔还不到一年时间。

秦怡君从项英的妻子那里得到许白昊被捕的消息，她于上年10月间来上海，几个月后，大年三十，土匪给房东寄恐吓信，向他们住的房子丢了一个土制炸弹，把房子玻璃都震破了。第二天，许白昊和秦怡君赶紧搬家，且只得暂时分开居住，没想到他们这一分开就是永诀！

许白昊、陈乔年、郑覆他等人被捕后，转押到国民党淞沪警备司令部龙华监狱。这座监狱围墙高耸，电网密布，极度阴森恐怖，三幢男牢呈“川”字形布局，时称“天”“地”“人”牢。牢门平时锁闭，很少开门“放风”，“囚犯”食宿均在牢内。牢房里空间狭小，只能席地挨身而卧，而且昏暗潮湿，终日不见阳光，他们只被允许偶尔在院子里活动。

在这座惨绝人寰的人间地狱里，在敌人的严刑拷打面前，陈乔年、许白昊、郑覆他等人视死如归，忠贞不屈，大义凛然。许白昊等人不顾身心遭受巨大摧残折磨的痛苦，同敌人展开不同形式的坚决斗争，挫败了国民党当局的各种诱降。每次刑后回到牢房，许白昊不顾伤痛，带领狱中同志高唱《国际歌》《少年先锋队歌》等革命歌曲，引起敌人极大恐慌。

当时，陈乔年刚从湖北调来上海，身份还未暴露，叛徒不认识他，但敌人已得知陈乔年就在被捕的 11 人当中。许白昊与郑覆他、张维桢等秘密研究营救陈乔年的计划。许白昊认为，陈乔年一旦暴露，必定要被敌人杀害，提出采取“李代桃僵”之计，设法先将陈乔年救出，以后再想办法营救其他同志，大家一致同意此办法。

除了陈乔年，另一位未暴露身份的共产党员周之楚，刚从上海交大调来任上海总工会秘书，他十分英勇，提出由他来顶替陈乔年的身份，他毫不犹豫地说：“我愿意顶替陈乔年同志，用自己的生命保全他！我自参加革命，加入中国共产党的那天起，我就把自己的生命交给了党！”

郑覆他、许白昊热烈地拥抱了周之楚。许白昊问他：“之楚同志，你还有什么意见，对组织、对家庭还有什么要交代的?”

“我没有什么挂念，时刻准备牺牲，请党组织放心！万一我牺牲了，请党组织设法告诉我在海外的父母，为中国人民的解放事业牺牲，我无怨无悔!”周之楚神色坚定而平静。

“党和人民是会永远记住你的……”郑覆他、许白昊又和周之楚紧紧拥抱在一起，热泪不由得夺眶而出。

周之楚父亲得到儿子被捕的消息，心急如焚，火速赶回国内，四处奔走，准备用重金营救周之楚。这样，敌人知道了周之楚的真实身份，陈乔年的身份便不问自明了，营救计划还未实施，已然失败。

许白昊、陈乔年、郑覆他被捕后，党中央指派中央政治局常委、中央组织局主任罗亦农负责营救。由于叛徒告密，罗亦农于 4 月 15 日下午在家不幸被捕入狱，并在狱中很快被叛徒指认。6 天后，罗亦农在龙华就义，年仅 26 岁。

1928 年 6 月 6 日，蒋介石即令淞沪警备司令钱大钧将许白昊、陈乔年、郑覆他就地处决。一群穷凶极恶的特务打开牢门，将三人押出牢房，难友们洒泪相送。

狱中同志十分难过地问他们有什么要交代的，陈乔年乐观地说道：“人生总有一死，血不会白流！让子孙后代享受前人披荆斩棘的幸福吧！”

许白昊也是泰然自若地叮嘱道：“你们要好好学习，把身体养好，将来出去继续革命工作。”接着，他又说道，“三年前，五卅惨案时，我早已在《鹃血》一文上写过：‘我将洒干热泪，我将洒尽碧血。’如今，‘为众生而努力，为众生而牺牲’，没有什么好怕的！”

当日下午，龙华枫林桥畔响起罪恶枪声，许白昊、陈乔年、郑覆他三人英勇就义，牺牲时，许白昊 29 岁，陈乔年 26 岁，郑覆他 24 岁。

郑覆他在狱中曾给父亲写下家书：“在现在这种世界，人的生死，本来比鸡犬还不如，就算安居生存，也不过如牛马一般劳碌而已。生也何乐，死也何愁，如儿者真不过如沧海一粟耳，万一侥天之幸，得能释放，当详为父亲言之也，万望父亲弗过忧急，悲哀，致伤尊体，反增儿罪也！”革命者对生死处之泰然的品格，身处囹圄仍对亲人念兹在兹的情怀，读来令人怆然泪下。

1928 年 6 月 15 日，中央机关报《布尔塞维克》第 1 卷第 21 期刊登《悼陈乔年郑覆他许白昊三同志！》一文：

陈乔年郑覆他许白昊三同志已于本月六日被害了……

许白昊同志，他是汉口工人暴动最早的领袖之一。有名的二七罢工后，他在汉口被捕，当时有已枪决之传闻，国内外无产阶级曾经为他开盛大的追悼会。他随后出狱，立即又从事于革命运动，在汉口为领导工人经济斗争及推翻直系政权而奋斗。吴佩孚倒后，汉口工人运动得公开自由，他被举为湖北全省总工会秘书长。汪唐的两湖反动后，他离开湖北到上海工作，为上海总工会领袖之一。今年他与陈郑二同志同时被捕并同时枪毙。

上海无产阶级及全中国革命民众，对此三同志之死，是无须乎哭泣的，他们牢牢记住，他们将推翻反动的豪绅资产阶级的统治，以红色的恐怖对待这些统治者，为陈郑许三同志及以前牺牲的诸同志，复仇！

许白昊战友项英在出席中共六大期间，也为许白昊作传赞誉称："白昊同志他一生是为中国无产阶级谋解放而努力而奋斗。他是最刻苦耐劳而最勇敢忠诚的共产党员。他是中国一切反革命者最仇视而欲杀害的，终至被军阀蒋介石枪毙而牺牲了。他是中国工人群众中最能干的勇敢的战斗员与先锋。"

许白昊，原名许权明，谱名立峰，曾用名许白天、许赤光、许世光，他像一只啼血的杜鹃，梦想创造一个朗朗乾坤，然而现实如此残酷，敌人如此凶狠，许白昊早就做了准备。1925 年五卅惨案发生后，他于 6 月 3 日在上海《民国日报》副刊《觉悟》发表署名"白天"的作品《鹃血》：

呵，春呵！
血为你而温泉般腾沸，
心为你而流水般悠长，
歌更婉转而响亮。
唉！那知道：

恩爱万般千般，

空博若个收场！

到于今：

抑不住的惆怅，

说不出的凄怆！

呵，春呵！

你忒荒唐，

撒手长逝，

休说天长地久，

地久天长！

呀，春，你多么的忍心呀！忍心抛弃明媚的景物，舒适的境地，千万崇拜你的人，还有恋你和你爱的人而长逝。原说你是多情的种子，那知道，你是这样的无情！

想当初，流离沦落的我，东飘西浪，吃尽百般苦楚，受够了世态炎凉。酷日肆其处，四方八面的压迫，像要热死了我才快意。北风恣其威，一阵阵冷浸肌髓，像要冷死了我才称心。秋天多么的萧瑟呀，鼓动我的秋怀，引诱我的秋绪。那时候，我像要发疯，真个发疯了。天地虽大，那有归宿之所？那是多么的失望，又是多么的悲哀，徘徊歧路，简直闷得要死！

我愿隐迹于深山，渴饮山泉，饥餐果实，细嫩的枝叶，可以栖身盖体，可以结伴联踪，过那安逸的日子。我愿沉于大海，随流而移，依浪而翻，干干净净地了却一世。山虽有鸱鸮之猛，海虽有鲸鲵之凶，那不过一刹那的苦痛，还可灭我尸体，免留几根残骨，存于世间。

可奈，林中枝叶，太单调了，它只会依一定的式样而跳舞，依一定的腔调而怪叫。大海过于广漠了，它只会勾人茫无涯岸之感，兴人渺无边际之悲。那不是安乐的境地，那不是慰安的使者！然而，何以藏这身，何以了这生呢？失望了，失望的悲哀，巴不得自动地一刀两截为痛快！

唉！那是青年的悲哀，青年的悲哀！我烦恼，我悲哀，那里来宽慰的言辞，那里来同情的声调。我悲身世的飘零，我感宇宙的寂寞！可不是，广漠汎大的宇宙，阴沉地何曾充满生趣，悠深神秘的生命，麻木地何曾赋有灵性。我十二分的后悔，后悔不该卤莽地到这世界上来！

我心成碎片，我愤破胸膛，我愿淌干眼泪，洗净大千世界，我愿洒尽碧血，参透昏愦人生。于是，我将全个的心底碎片，如乱丝般的情绪，谱为调子，悲哀沉痛的调子，拼命地歌拼命地唱。悲哀沉痛地歌唱，也许唤醒众生的酣梦，知觉宇宙的渺茫，人生的暗淡。我歌喉低哑，我眼泪淌干，我心血洒尽，我便死也甘心，死也愿意，这样地死，可不胜为鸱鸮的食粮、鲸鲵的席珍吗？

亲爱的夜莺哥哥，你不要太活泼了。普天之下，那一处不是网罗，都可以束缚你的自由。只有我的春，伊可给你们以生趣。亲爱的桃花妹妹，可怜呀！夏之神正在鞭策你了。怪不得你这样的憔悴。只有我的春，伊可以长你们的生趣。然而我的春呢？伊是去了，去在那里？

但是，我们的泪预备洗净大千世界，我们的血预备洒透昏愦众生呀！春去了，不哭春：应留有用的精神，为众生而努力，为众生而牺牲。潦倒吗？挫折吗？不怕！不惜！求只求广漠的宇宙，昏愦的众生，能为我们的歌唱而惊醒。于是，我那悲哀沉痛的调子，又在拼命地歌，拼命地唱：

我将洒干热泪，

我将洒尽碧血；

嘶我的歌喉，

毁我的尸体；

在黯淡的宇宙中，

破其岑寂，

在憧憬的众生里，

添其生趣。

呀，

宇宙是人生的结晶，

人生是血泪的背影；

洒吧，淌吧，

干了，涸了，

浸透热冽的人生，

造成伟大的宇宙。

我叫起闺妇的深思，我唤醒游子的离魂，因为我的歌唱，赚不少旷夫怨女的眼泪。但是，这是我血泪的报酬吗？不然，不然，美丽的，伟大的春，是为我悲哀沉痛的调子而来的。然而，伊又去了，归去何处？目见得宇宙还是寂寞，人生还是无聊。咳！万恶的造物哟，老是这样地纠缠，老是这样地颠倒！呀，春。难得你春花般的芳艳，春风般的温柔，春蚕般的多情，沦落如鹃，如何消受，如何消受？不知道是你命薄呢？还是我福浅？一刹那的聚会，由不得不感其轻快。如其天假你以年，别说你受尽人间的崇拜，便福浅如鹃，也多得几时的慰乐。虽然，明年花信，也许你有复活的希望。但是：春，你要知道，萧瑟如鹃，生命的末日，或将迫不及待。

这时候是我恋你不忘，那时候，怕是你悼我不见了。在我呢？惯于风尘的，虽然因你而悲哀，虽然为你而烦恼，其实，损及我身，没有多大的痛苦，没有多大的影响。可是你，亲爱的春，伟大的春，倘你因我而伤神，那便全世界都消失其光明，有生命的事物，都将为你而枯萎。

呀，春，你是去了。忍心地不别而去。我是不敢强留，也是不能强留，只好挤着眼泪，望你姗姗其行，用婉转声音，哀哀地唤。但是你，你却掉首不顾。不知道你是惨不忍闻，还是听而不闻？我不敢责你负心，只自伤我缘悭；我不忿你坚决归去，只自惜我留你不住。但是，那是造物的狡狯，我们岂能自主。唉！从今后我将永不复哭，我将永不复歌，甚至将毁灭我的躯体！

但是春，也许你会知道，知道我是这样的悲苦，也许你会怀恋，怀恋你那命薄于花的啼鹃。是的，我的情绪，你决会一丝丝理会；你既理会得我的情绪，自然的知我现在所处的境地。然而你却一切不顾，悠然长逝了！呀，沉沦半生，始遇知己，为欢无多，一旦长别，我非木偶，岂能忘情？到如今，别无可说，只赢得一声声不如归去，不如归去！

6月，枫林桥畔的枫林未红，只有革命者洒尽碧血，灼烧大地，炽烈如火，浸透热烈的人生，映红伟大的宇宙！

4. 慷慨一别

“弟兄们！向太阳，向着光明走！我们也不要悲观，也不要徘徊，也不要惧怕，也不要落后……太阳是我们的希望，太阳是我们的象征。”风雨如磐中，《太阳月刊》以一曲革命乐观主义的宣言，宣告了太阳社的“诞生”，杨匏安与瞿秋白、李立三、罗绮园、高语罕、郑超麟等一起出席太阳社成立大会，迎接这同一种光明。这篇宣言道出了杨匏安的心声，使他共鸣在革命斗争的律动里。

这时是1928年初，杨匏安刚到上海，住在西华德路慧源里，在中央出版发行部从事编辑、校对等工作。奔赴上海前，杨匏安在中共中央机关刊物《布尔塞维克》发文驳斥“他是所谓第三党发起人之一”的不实传闻：“这真令我惭愧到无地自容，承他们错爱，把黄袍加在我身上；然而于我却等于无妄天灾。”文中讽刺称，自己虽在国民党内充当苦力有年，却没有如他们所愿中机会主义的毒害，并进而指出第三党“是徘徊在革命与反革命之间的游魂”，不可能有光明前途。因为中国革命的前途是工农直接革命，夺取政权，建立苏维埃政府，其间并没有回旋余地，真诚地表明了他对革命事业的忠诚和热爱。

由于上海白色恐怖严重，特务、便衣、巡捕房“包打听”四处活动。为了迷惑敌人，中央出版发行部将中央机关《布尔塞维克》《红旗》以《中国文化史》《中国古史考》《平民》，甚至国民党机关刊物《中央半月刊》伪装封面出版。1930年8月，《红旗》与《上海报》合并为《红旗日报》发行，革命的火种生生不息，在上海播撒。

这一年初，经过党组织安排，杨匏安家人也来到了上海，分散住在党的印刷所和交通站里掩护革命。由于广州起义失败，中共广东省委多次遭到敌人破坏，许多熟悉的同志，或被敌人逮捕，或被敌人杀害，杨匏安告诉家人，革命工作面对的就是危险的环境，他要求家人在工作中保守秘密，绝不能暴露身份，更要随时有坐牢、杀头的心理准备，做最坏的打算。这何尝不是杨匏安甘愿为革命牺牲的决心！

杨匏安长子杨文达当时十来岁，记事较早，他回忆称：四一二反革命政变之后，他跟随祖母、父亲颠沛流离，居无定所，备尝艰险。由于安全的需要，他和弟弟妹妹们有一段时间是不能出去玩的，上学更无可能。于是他们每天从门缝里看着别的小朋友背着书包上学，他们难过、压抑、自卑。

当时的中国共产党人普遍贫穷，蒋光慈就曾以小说《短裤党》描述革命者，并直言这本书就是描写上海穷革命党人的生活的。在白色恐怖极其严重的上海，党的活动经费十分困难。杨匏安一家人口多，生活异常艰难。他和妻子育有 7 个孩子，其中两个因无钱医治而夭折。但他没有抱怨，只是一边要求家人努力为党工作，参加印刷材料、传递消息、掩护同志的工作；一边要求他们学会自谋生计，尽量减轻党组织的负担。为了弥补家用，他的母亲、庶母、妻子不得不经营女红。他自己患有肺病，晚上常常咳嗽不已，还要从事写作和翻译，并帮助家人推磨做米糍，第二天由母亲和庶母带着儿子沿街叫卖。

面临艰辛的生活磨难、缠身的疾病煎熬、白色恐怖的威胁，杨匏安一心想着为革命开辟新的园土，栽种新的花木。他四处搜集材料，编写了一本《西洋史要》，于 1929 年 7 月以王纯一的笔名正式出版。这本书梳理出西欧工人运动和共产主义运动发展的基本线索，歌颂了劳动人民创造历史的功绩和国际共产主义运动的贡献，在我国相关著作中属于首创。杨匏安牺牲后若干年，该书还不断再版。

毛泽东率领部队创建井冈山革命根据地，点燃工农武装割据的星星之火，土地革命战争轰轰烈烈展开的消息传到白区，杨匏安万分激动，思考如何进行土地改革的问题。1930 年初，杨匏安编译出 7 万字的《地租论》一书，对地租的实质和形式、地租的作用和发展的重大意义等，进行了比较详尽的论述，是一本指导如何开展土地革命的教科书。

1930 年 9 月，华德路（今长阳路 328 弄）中央出版印刷机关遭到敌人破坏，《红旗日报》办报人员杨匏安、黄德宣等人被捕，关在提篮桥监狱。这是杨匏安第三次入狱。由于他使用化名，真实身份并未暴露。

周恩来冒着危险去看望了杨匏安的家人，安慰他们，并表示党组织一定会想一切办法、尽一切力量把杨匏安尽快营救出来。杨匏安母亲陈智非常感动，她也请周恩来等中央领导人多注意安全。

在狱中，杨匏安和律师密切配合，与敌人斗智斗勇，在被扣押 8 个月后终于重获自由，迎接他出狱的是《地租论》的出版。

这段时间里，家人处境更加危险，生活更加艰难。出狱当晚，杨匏安将全家人召集在一起，讨论今后的安排。杨匏安最大的两个儿子当时都十几岁了，在党的印刷机关当学徒，已经懂事，他们首先表示要跟着爸爸走革命道路。

那天晚上，母亲陈智扫视着孙子孙女营养不良的瘦弱身躯，看着杨匏安苍白的脸庞，潸然泪下，对他说道：“我们做这些事情，没钱不说，小孩没书读也不说，可是上街都提心吊胆的，是不是我们回到老家去，你也休息一段时间，调养身体?”

杨匏安沉默了一会，说道：“革命现在正处于最艰难的时刻，不能休息。”接着又说道：“穷且弥坚，不坠青云之志！再穷再危险，也要革命到底!”

母亲陈智和杨匏安为此争吵过几次，老太太也是有文化有定见有个性的人，她守着自己的道德做事。有一天，她想通了，召集全家人，对杨匏安说道：“既然你已经下定决心，为实现革命而继续工作，我们全家人都会尽力协助你，直到革命成功为止。”

然后，她教育孙子杨文达等人：“参加革命，是不计代价和后果的，也是要流血的，说不定哪天就都牺牲了，要有这个思想准备，下好这个决心，尽一个国民应尽的天职!”杨匏安的孩子们在新中国成立后回忆起这件事，仍觉得当时的场景历历在目，感觉祖母、父亲的话回响在耳边。后来杨匏安的孩子们相继走上了革命道路。

杨匏安第三次出狱后，担任了中共农民运动委员会副部长。由于他患有严重肺病，再加上 8 个月的监狱摧残，他的身体更差了，常常喘不上气，但他的革命精神依旧旺盛。当时，中共中央以中国互济会名义在上海举办了一个干部训练班，约每月一期，每期 30 人至 40 人，主要培养中央苏区和全国各地中层党员领导干部。杨匏安担任干训班教师，不顾身患重病，不辞劳苦给学员们讲课。

1931 年 7 月 25 日，国民党党务调查科驻上海特派员黄凯，在总巡捕房西罗斯带领下闯入公共租界东有恒路景星里，这里是新的中央出版发行部机关，也是杨匏安、罗绮园等人的居所。特务们趁着清晨开门倒马桶的时候闯进门来，大喊道：“杨匏安，你被捕了！”

杨匏安正卧病在床，他的妻子吴佩琪正准备去火柴厂上班。知道自己可能暴露了，杨匏安仍十分镇定，他对特务们说道：“你们搞错了，我叫陈君复，这里没有杨匏安！”

黄凯等人根本不给他任何辩解的机会，不由分说将他铐上手铐，并对他的家进行彻底搜查。这时候，特务们简直有点不敢相信眼前所见，这居然就是一个著名的共产党领袖的家？尽管他们知道共产党人一般清贫，可是杨匏安的家也太清贫了。他们一家老少个个面呈菜色，杨匏安本人留给特务及巡捕的印象，更是只有“贫病交加”四字可以形容。

他们在杨匏安住处搜到共产主义书籍一网篮及著作一卷，从杨匏安身上搜到5元票一张、1元票二张和眼镜一副。

这就是国民党特务从杨匏安身上搜到的全部物品，这位被国民党通缉的共产党首要之一的全部财产，只有7块钱，这就是他们一家十口仅有的生活费！这何尝不是杨匏安清贫自守的真实写照！杨匏安一生坚持清廉做事、清白做人，周恩来曾多次高度评价说：“杨匏安为官清廉，一丝不苟，称得上是模范！”

特务们将杨匏安强行押走，接着便看到了震撼人心的一幕：儿女牵衣，老母抱哭……特务们制造过不知多少残忍、血腥的场面，此刻却仿佛石化一般静默无言，特务和巡捕纷纷转过头去，不忍看这撼人情景。

杨匏安被捕后，先是被关押在公共租界上海工部局汇山捕房，敌人对他进行审讯。他除了坚持说自己是陈君复外，什么也不说。当天晚上，一个叛徒来找杨匏安谈话，告诉他国民党已经知道他的真实姓名和身份了。

7月27日，杨匏安被移交到淞沪警备司令部侦查队，关押在南市白云观。四一二反革命政变后，白云观变成了专门关押政治犯的地方。杨匏安在这里与几个难友关在一起，其中有一个叫胡向荣的中学生、一个姓陈的大学生，还有两名工人，都是被叛徒出卖的共产党员。杨匏安鼓励他们好好学习，出去后继续干革命。

这时，黄凯又来劝降，要杨匏安为了个人前途、个人健康着想，最好自首，否则难有活路。杨匏安见身份已经暴露，干脆表明自己随时准备牺牲。他身体虚弱，但神情自若。

由于杨匏安不只是共产党要人，也做过国民党中央常委、中央组织部秘书及代理部长，兼过国民党广东常委、组织部部长等职务，加之他素来清廉，许多国民党大员对杨匏安也要高看一眼，杨匏安算是享受了特殊待遇，他始终没有遭遇任何刑讯。他的声望和地位，都使特务们不敢轻易对他用刑。特务黄凯对他甚至还颇为尊敬、佩服，希望杨匏安能够为个人、家庭着想，选择自首，但是杨匏安拒绝了。

之后杨匏安被押解到龙华淞沪警备司令部看守所关押，蒋介石亲自安排熊式辉、吴铁城等国民党要人劝杨匏安投降，都被杨匏安严词拒绝，他表示自己宁死也不会投降。蒋介石又搬出国民党元老吴稚晖作说客，也告失败。

杨匏安被捕后，周恩来等人曾千方百计设法营救，还委托聂荣臻、潘汉年与宋庆龄、何香凝联系救助，宋庆龄、何香凝也曾向蒋介石交涉。

蒋介石给杨匏安写了两封亲笔信，通过警备司令部转交，归劝杨匏安，杨匏安直接把信撕了。

这个消息由秘密渠道传出来，周恩来等人判断敌人会把杨匏安押到南京，准备在押解途中进行武装营救。

谁知蒋介石亲自给警备司令部打电话，令人把杨匏安带到办公室电话旁，杨匏安就是不接电话，警备司令硬把话筒塞给他，杨匏安把话筒给摔了，并斩钉截铁说道："我从参加革命起，早已把生死置之度外，死可以，变节不行！"

蒋介石勃然大怒，下令"就地枪毙"。营救计划无法实施。

杨匏安给家人写了一纸遗书，上面用铅笔写道：近日有南京方面的人来劝我，我不为所动，家人千万不要接受这些人的钱和物，如果不能生活，就立即南返，玄儿不可顽皮，缝纫机不可卖掉！

1931 年 8 月的一天，敌人将杨匏安等 8 人秘密枪杀在淞沪警备司令部内一块荒地上。

天地有正气，杂然赋流形。下则为河岳，上则为日星。于人曰浩然，沛乎塞苍冥。在狱中，杨匏安仍旧像太阳，散发着光辉。他写下诸多诗作，几乎每篇都有着"留取丹心照汗青"的决然，这些诗句如"杀头何足惜，名节最堪珍""赴汤归来又蹈火"经难友传诵而流传下来。其中完整流传下来的一首五言律诗题为《示难友》，是杨匏安以生命写就的一曲正气歌，诗曰：

慷慨登车去，相期一节全。
残生无可恋，大敌正当前。
知止穷张俭，迟行笑褚渊。
从兹分手别，对视莫潸然。

尾声

人间正道是沧桑。

今日盛世年华的一切沧桑巨变，都有一个起点。

石库门，是中国共产党打下万里江山的起点。

中共五大，是中共纪检监察事业的起点。铮铮傲骨，巍巍江山，自此拉开了创建一个朗朗乾坤、清白世界的序幕。

回到1927年，回到中共五大。大会结束后，根据大会精神，1927年6月1日，中共中央政治局通过《中国共产党第三次修正章程决案》，即五大党章，其中对“监察委员会”这样规定——

第八章　监察委员会

第六十一条　为巩固党的一致及权威起见，在全国代表大会及省代表大会选举中央及省监察委员会。

第六十二条　中央及省监察委员，不得以中央委员及省委员兼任。

第六十三条　中央及省监察委员，得参加中央及省委员会议，但只有发言权无表决权。遇必要时，得参加相当的党部之各种会议。

第六十四条　中央及省委员会，不得取消中央及省监察委员会之决议，但中央及省监察委员会之决议，必须得中央及省委员会之同意，方能生效与执行。遇中央或省监察委员会与中央或省委员会意见不同时，则移交至中央或省监察委员会与中央或省委员会联席会议，如联席会议再不能解决时，则移交省及全国代表大会或移交于高级监察委员会解决之。

王荷波将党章发给大家，说道："同志们，伟大、成功的五大党章在指导思想、组织程序、人员构成、工作权限、监察效力上对中央监察委作出了明确规定，也赋予了中央监察委极高的监督权威和监察效力，作为首届中央监察委委员，我等使命崇高，责任重大。目前，敌人很凶残，但他们不可能打倒我们共产党人。敌人的血腥屠杀，只能消灭革命者的生命。某种意义上，敌人的腐蚀更为可怕，因为它侵蚀革命者的意志，腐化人的心灵！中央监察委作为抵抗腐蚀的一个崭新机构，目前有了规章制度。不过，作为一个新事物，还需要我们在工作中去不断探索。就像大海，不断地自我更新，净化。下面，请大家就此发表意见！"

他们一条一条讨论着党章，最后，代表们对党的纪检监察事业踊跃发言。

"我们这个民族，有过很多苦难，但她始终在前进。永远前进，就永远有希望。当然，前进途中，也会有问题，像党内出现的贪腐、腐化这种事情，一露头就要给予打击。作为监察委一员，我个人看法就是，欲监督革命党人，应先监督自己，改造自己。改造了自己，才能改造社会，改造世界。"副主席杨匏安早已成竹在胸。

"不管我们的前面是深渊，是荆棘，是狭谷，是火坑，我们首届中央监察委都是开路先锋，遇山开路，逢水架桥，我们不妨大步走去，向着马克思主义的光辉道路大步走去！"许白昊气势不凡。

"为中国共产党铸剑，守护吾党纯洁，我辈义不容辞！"蔡以忱致以热忱。

“以吾辈青春，誓死守护我党之先进纯洁!”年轻的张佐臣，充满着热血。

“大山不会走向我们，那我们只有走向大山。做好监察事业，开创我党的清廉局面，相信我们的党将可以万丈高楼平地起，万里长路漫漫行……”杨培生已经不年轻了，却依旧信心满满。

王荷波作了总结发言：“沉舟侧畔千帆过，病树前头万木春。今日我等为首届中央监察委委员，守护我党清正廉洁，相信将来我们的党必还这天下一个清朗。一句话，我们的党要做到空前的廉洁，纪律监察事业就是她永远清澈的护城河！我等一起共同守护她!”

这就是首届中央监察委委员们所具有的胸襟、格局、骨气，为了天下苍生的幸福，为了国家的强大，为了民族的复兴，他们持守清廉的信仰，荡涤腐尘，他们付出了生命的代价，为中共纪检监察事业立下了铁骨铮铮的不朽丰碑，全面从严治党的中共纪检监察事业也从这里阔步走过近一个世纪，更将继续坚定地走下去。自那时起，一条守护着万里江山的护城河清波扬兮，无比庄严，无比壮丽。

日月更替，四季轮回。清晨，天边泛起鱼肚白，驱逐了无尽黑暗，一切都是那么美好和谐又清朗，充满着幸福和希望，一如烈士们当日初心：人间清白!

参考资料

1. 郑超麟：《郑超麟回忆录》上册，东方出版社 2004 年版。

2. 丁延晶：《血洒京汉路：二七大罢工》，吉林文史出版社 2011 年版。

3. 李晔晔主编：《国共携手：中国共产党第三次全国代表大会》，河北人民出版社 2012 年版。

4. 朱秋、徐晓飞主编：《风云际会：中国共产党第五次全国代表大会》，河北人民出版社 2012 年版。

5. 裴高才、朱芬：《“铸剑”先驱·蔡以忱》，中国社会科学出版社 2013 年版。

6. 中共中央文献研究室编：《毛泽东年谱（1893—1949）》（修订本）上卷，中央文献出版社 2013 年版。

7. 刘利亚：《浅论杨匏安清正廉洁的高尚品格》，《珠海潮》2018 年第 2 期。

8. 中共上海市委党史研究室、龙华烈士纪念馆编，董奇著：《杨匏安画传》，上海人民出版社 2021 年版。

9. 中共上海市委党史研究室、龙华烈士纪念馆编，沈洁著：《张佐臣画传》，上海人民出版社 2021 年版。

10. 中共上海市委党史研究室、龙华烈士纪念馆编，周春燕著：《许白昊画传》，上海人民出版社 2021 年版。

11. 中共上海市委党史研究室、龙华烈士纪念馆编，沈申甬著：《杨培生画传》，上海人民出版社 2021 年版。

12. 张金梅：《杨匏安》，广东人民出版社 2021 年版。

13. 陈其明：《阮啸仙》，广东人民出版社 2021 年版。

14. 严鹏：《红色中车：国家名片的红色基因》，中国人民大学出版社 2021 年版。

15. 滕健、邓珊：《志如磐石心似月——首届中央监察委员会候补委员萧石月的离别故事》，《中国纪检监察报》2022 年 7 月 1 日。

图书在版编目(CIP)数据

人间清白:首届中央监察委"龙华四烈士"/杨绣丽著. —上海:上海人民出版社,2024
(红色起点)
ISBN 978 - 7 - 208 - 18870 - 9

Ⅰ. ①人… Ⅱ. ①杨… Ⅲ. ①纪实文学-中国-当代
Ⅳ. ①I25

中国国家版本馆 CIP 数据核字(2024)第 079149 号

责任编辑 沈骁驰
封面设计 谢定莹

红色起点
人间清白
——首届中央监察委"龙华四烈士"
杨绣丽 著

出　　版 上海人民出版社
(201101 上海市闵行区号景路 159 弄 C 座)
发　　行 上海人民出版社发行中心
印　　刷 上海中华印刷有限公司
开　　本 720×1000 1/16
印　　张 14
插　　页 2
字　　数 157,000
版　　次 2024 年 5 月第 1 版
印　　次 2024 年 5 月第 1 次印刷
ISBN 978 - 7 - 208 - 18870 - 9/D・4306
定　　价 65.00 元